슬퍼 대디? 슈퍼 대디!

돌싱일기 남자편

글 이창영

슬퍼 대디? 슈퍼 대디!

초판 1쇄 인쇄일 2017년 4월 13일
초판 1쇄 발행일 2017년 4월 20일

지은이 이창영
펴낸곳 도서출판 유심
펴낸이 구정남 · 이헌건
마케팅 최진태

주소 서울특별시 마포구 서강로 133(노고산동 57-39) 병우빌딩 8층 811호
전화 02.832.9395
팩스 02.6007.1725
URL www.bookusim.co.kr
등록 제2016-000278호(2014.7.8)

ISBN 979-11-87132-09-7 03810
값 13,000원

슬퍼 대디? 슈퍼 대디!

돌싱일기 남자편

글 이창영

세상만사 새옹지마

■ 올해로 아내와 이혼한 지 14년이 되었다. 신혼의 행복한 단꿈을 꾸었던 때로부터는 19년이 흘렀다. 14년 전 나에게 닥친 이혼은 당황, 창피, 분노, 두려움 등이었다. 내가 왜 그런 상황에 처했는지 이해하기 어려웠다. 모든 것이 아내의 잘못이었고, 나는 순진한 피해자였다. 대한민국 평균 이상의 삶을 살고 있던 내가 한순간에 결손가정의 가장으로 바뀌었다.

결혼할 당시에는 정말 운명 같은 만남이고 인연인 줄만 알았다. 나와 아내는 같은 지역의 남고·여고를 나왔고, 인접한 대학에 입학했다. 당시 유행하던 여고 동문과 남고 동문의 '조인트 동문회'에서 그녀를 처음 만났다. 그리고 대학 복학 이후 내가 다니던 대학 캠퍼스에서 여러 번 보았다. 게다가 입사 동기로 같은 회사에 입사했다. 일련의 과정을 거쳐 결혼에 골인했다. 우리의 인연은 천생연분이라 믿어 의심치 않았다. 같은 업계에서 계속 근무했고, 서로가 조언해 줄 수 있는 것도 많았다. 남부럽지 않은 경제적 여유도 있었고, 세상에서 제일 잘나고 귀여운 아들까지 얻었다.

하지만, 이 모든 우연과 같은 인연이 '이혼'이라는 단어 앞에서는 악연이 되어버렸고, 상대방을 원망하며 살았다. 나는 사회적으로 약자가 아니었지만 정신적으로는 항상 약자였다. 대기업을 다니면서도 출장과 야근에 대해 부담이 있었다. 어느 순간부터 회사에서의 승진은 남의 이야기라 생각했다. 적당히 잘 버티고 아들을 잘 키우는 것이 나의 최선이라고 한정 지었다.

내가 맞닥뜨려야 했던 사회에서는 이혼 가정에 대한 별도의 배려가 없었다. 방송에서는 연일 이혼 가정의 증가와 각별한 관심에 대해 이야기했지만, 실제적으로는 아무런 위안과 혜택도 경험하지 못했다. 어쩌면 나 스스로 이혼 가정에 대한 혜택을 거부했던 것인지도 모르겠다. 내 상황이 비교적 괜찮았고, 든든한 가족의 지원도 있었지만, 사실은 도움 받기가 창피했기 때문이다.

이혼남으로서 괴로운 몇 년이 지났을 때, 아니 그 괴롭고 힘든 시절에도 나는 아빠로서의 책임감만은 잊지 않았다. 가장 소중한 아들에게 엄마의 부재로 인한 결핍을 주고 싶지 않았다. 내가 꿈꾸던 친구 같은 아빠가 되려고 고군분투했다.

아들이 커 가면서 나는 다시 한 번 도전에 직면했다. 부모님 도움 없이 아들을 키워야 했다. 그동안 우리가 잘 살아온 것이 모두 부모님의 헌신 덕분이었다는 것을 절감했다. 남자 둘이서만 사는 삶은 흥미로웠지만, 한편으로는 내가 희생하고 감수해야 할 책임 영역이 커졌다. 어머니께 의존하던 삶에서 벗어나 가정을 지키는 '주부'이자 40대 직장인의 삶을 병행해야 했다. 고학년이 되어 가는 아들의 학업과 사춘기 변화에 대처해야 했고, 중년이지만 여전히 내 삶을 즐기고자 하는 내 호기심과도 타협점을 찾아야 했다.

이제 나에겐 혼자 무엇이든 척척 해내는 독립심 강하고 든든한 친구 같은 아들이 있다. 키가 작아 걱정하던 아들이었지만 이젠 나보다 더 큰 키를 가졌고, 내가 생각지도 못했던 새로운 분야에 관심을 가지며 꿈을 키우고 있다. 내가 꿈꾸던 행복한 가정을 이루고 사는 지인들을 볼 때마다 옆구리 한 켠이 썰렁함을 느끼기도 하고, 가정사의 모든 것을 혼자 해결하고 고민해야 하는 외로움도 겪고 있지만, 한편으로는 그런 나의 고민이 다른 이들에게 자유처럼 느껴진다는 사실도 알게 되었다.

어떤 이들에겐 부담스럽고, 무섭고, 일상처럼 지루해진 아내가 없다는 것이 좋을 때도 있다. 즐기는 삶에 대한 다양한 관심을 행동으로 옮길 수 있는, 자타가 공인하는 자유로운 영혼이 되었다. 친구들은 때로는 내 처지를 부러워한다. 결혼 같은 거 하지 말고 계속 혼자 살라고 권하는 친구도 있다. 그럴 때는 말도 안 되는 소리라며 반박하곤 하지만, 그들과 헤어진 후에는 콧노래를 부르며 내 현재를 기꺼이 받아들일 수 있게 되었다. 내 상황에 대한 관대함이 생겼다고나 할까.

내 상황을 돌아보면서 '새옹지마'라는 고사성어를 떠올리곤 한다. 삶 중에 생기는 사건들이 나에게 득이 될지 해가 될지는 두고 봐야 아는 노릇이다. 또한 두고 봐야 안다는 것도 죽는 순간에서야 최종적으로 득인지 해인지 알게 될 수도 있다. 그렇다면 이미 일어나버린 사건, 특히 나를 힘들게 하는 사건에 대해 지금 영향을 받기보다는 자연스럽게 받아들이면 어떨까.

내가 원했던 이혼이 아니었고, 긴 고통의 시간을 견뎌야 했지만 이젠 더 이상 이혼했다는 사실이 아픔으로 다가오지 않는다. 약간의 외로움과 허전함을 담보로 자유로움과 새로운 희망을 얻어낸 행복한 돌싱이 되었으니 말이다.

만약 이혼을 눈앞에 두고 있거나, 이혼 상태로 앞으로 살아 나갈 세상이 불안하고 힘든 분들이 계신다면 이렇게 말해주고 싶다.

"그냥 현재의 상황을 그대로 받아들여 보세요. 일어난 사건의 전모를 그대로. 어떠한 난관도 시간이 지나면 추억이 되기 마련입니다. 어떤 어려움은 새로운 반전의 기회로 나타나기도 합니다. 힘내세요."

나는 이혼이라는 사건을 경험한 돌싱 남녀들에게 내 경험을 나누고자 한다. 그들뿐만 아니라 그들의 부모님, 자녀들에게도 새로운 희망을 주고 싶다. 이혼은 가볍고 부담스럽지 않으며 새로운 인생을 출발할 수 있는 가능성의 기회라고. 이혼을 권장하고 싶지는 않지만, 이혼에 대해 결코 위축되거나 좌절할 이유가 없다. 좀 더 나은, 새로운 상태로 가기 위한 변신의 시간을 맞이하고 있는 것뿐이다. 지금 현재의 내 상태를 즐길 수 있으면 좋으리라. 나에게 잠시 찾아오는 기쁨의 순간도, 기쁨 후에 찾아오는 공허와 절망의 순간마저도.

이 책은 순간순간 일희일비하며 지내온 나의 이야기다. 내 이야기가 이혼을 경험한, 그리고 경험할 이들과 그 가족에게 힘이 되고, 좌절을 가볍게 이겨내는 발판이 되었으면 좋겠다. 어찌 알겠는가. 지금의 내 아픔이 한 번 살다 가는 이 생에서 가장 짜릿한 경험일는지. 세상은 결국 내 생각대로 움직인다.

이 또한 지나가리라~

차 례

프롤로그.
세상만사 새옹지마 004

제1부
이혼남, 고통의 바다에서 헤엄치기

01 돌싱이 웬말이냐? 016
02 나는 엄마가 없는 게 아닌데…… 021
03 아들의 빈자리, 면접권 단상 026
04 아들의 졸업식, 불편한 외가 식구들 031
05 5월은 우울한 가정의 달 036
06 부부동반 모임, 가본 지가 언젠지 040
07 아내에 대한 질문이 불편한 이유 044
08 그녀의 편지, 심란한 하루 049
09 나를 부러워하는 친구들에게 054

제2부
프렌디, 까칠한 아들과 친구 되기

10 아들은 커서 무엇이 될꼬 060

11 아들은 아빠가 키워라 065

12 이번 설엔 아들과 여행 갑니다 070

13 사교육이 필요 없는 이유 075

14 아들의 스승을 만나다 082

15 아들과 함께 제주도 자전거 여행 087

16 아들에게 홍정을 배우다 094

17 친구 같은 아빠로 사는 법 101

제3부
주부(主夫), 삶의 현장에서 살아남기

18 엄마, 제발 좀! 어머니 잔소리 극복기 108

19 총체적 난국, 부모님이 사라지다 113

20 월례 행사 집안 청소로 뼈 빠진 날 118

21 전기요금 폭탄을 맞다. 살림꾼이 되어가는 길 122

22 내일의 아침식사가 두렵다 126

23 양말 뒤집어 벗는 남자들 130

24 변해버린 명절 풍경들 133

25 능력 있는 아내의 남편이고 싶다 137

제4부
위기의 중년, 자유로운 영혼으로 즐기기

26 새해, 반복되는 결심 142
27 머리털 빠지는 남자 147
28 나도 슬림핏을 입길 원한다. 끝없는 다이어트 152
29 추남의 오텀 리브스 156
30 혼자 놀기의 달인을 꿈꾸다 160
31 동호회 활동으로 재미있게 사는 법 167
32 노인네가 될 것인가 어르신이 될 것인가 172
33 회사 스트레스 해소하는 방법 177
34 자발적인 희망퇴직을 꿈꾼다 182

제5부
돌싱, 새로운 사랑에 도전하기

35 나의 아들, 그녀의 아들 190

36 재혼정보 회사를 가다 195

37 쥐구멍에도 볕들 날 있다 200

38 23번 남자 206

39 크리스마스의 웃픈 추억 213

40 하태 핫해! 뜨거운 밤 219

41 나만의 복잡한 결혼 방정식 225

42 돌아온 싱글들, 뭉치다 230

43 얼굴이냐 마음이냐 이것이 문제로다 234

44 마지막 화해 237

에필로그.

이혼, 내 인생 이야기 242

슬퍼 대디? 슈퍼 대디!

돌싱일기 남자편

제1부

이혼남
고통의 바다에서 헤엄치기

슬퍼 대디?
슈퍼 대디!

01
돌싱이 웬말이냐

■ 2002년 8월 8일은 5년이 조금 넘었던 나의 결혼생활을 공식적으로 마감한 날이다.

그 누구보다 성실하고 자상한 남편이 될 줄 알았다. 아이에게 사랑을 쏟으며 친구처럼 지내리라 자신했던 나였다. 하지만 나만의 꿈으로 결론지어졌다. 많은 지인들은 내 이혼 소식을 듣고 깜짝 놀랐다. 다른 사람은 몰라도 내가 이혼을 하게 될 줄은 상상해본 적도 없다고들 했다. 그들은 이혼사유가 무엇이든 앞으로 잘 살면 된다며 나를 위로했다.

결혼생활 5년을 돌이켜보면 나빴다고 할 정도는 아니었다. 최소한 4년쯤은 남부러울 게 없는 행복한 나날이었다. 행복한 신혼, 건강한 아들의 탄생, 양가 부모님들 또한 특별한 문제 없이 모두 건강하셨다. 둘의 직장생활도 순조로웠다. 회사원이 된 지 만 8년차가 넘어 있었고, IT붐에 편승하여 20세기

말과 21세기 초에 각자가 원하던 곳으로 이직에 성공했다. 업계 사람들이 모두 선망하던 외국계 회사에서 새로운 경험을 쌓고 있었다. 맞벌이의 장점이 극대화되던 시절이었다.

그렇다면 우리를 이혼에 이르게 한 문제는 무엇이었을까? 이제 와서 이혼에 대한 특별한 이유를 찾는다는 것은 소 잃고 외양간 고치는 격이다. 하지만 굳이 근본적인 원인을 찾자면 연애기간 동안 배우자가 어떤 사람인지 제대로 파악하지 못했던 까닭이었을 것이다. 각자의 삶 속에서 만들었던 결혼관 혹은 결혼생활에 대한 기대가 무엇인지를 제대로 알지 못했다. 30년 가까이를 각자 살았으니 어쩌면 당연한 일이다. 그럼에도 연애와 결혼 초에 아내의 생각을 적극적으로 알려 하거나 나를 알리려는 노력이 부족했다. 결혼 전, 이렇게 하고 저렇게 하겠다던 결심과 계획이 결혼 후에는 흐지부지되었다. 나의 이런 안일함이 결혼한 지 4년이 지나면서 조금씩 불거졌고 결국은 이혼으로 이어졌다.

우리 둘 사이의 근본적인 문제는, 소박하게 살고자 하는 나와 달리 아내는 좀 더 크고 폼 나는 미래를 꿈꾸었다는 점이다. 아내는 회사를 통해서 본인의 능력을 마음껏 펼치기를 바랐다. 새 직장에서 자신의 능력을 인정받으며 국내외 마케팅 업무를 맡아 승승장구하고 있었다. 당연히 남편인 나에게도 새로운 도전과 함께 멋진 인생을 살기 위해 열심히 일하고 능력을 인정받기 바랐다. 사교성이 많고 사람과 조직에 대한 적응력이 뛰어난 나의 모습에서 미래의 가능성을 보았을 것이다.

하지만 정작 나는 그런 사람이 아니었다. 컨설팅업계에서 일해보고 싶다는 생각으로 큰 경험 없이 무모하게 전직을 시도했다. 운 좋게도 갑작스럽게 생긴 프로젝트 덕분에 외국계 컨설팅 회사로 이직했다. 하지만 그곳은 '우물 안 개구리'였던 내가 적응하기엔 요지경 같은 곳이었다. 새롭고 다양한 경험을 맛보긴 했지만, 한편으로는 나의 성향과 준비가 외국계 회사에서 일할 만큼 충분하지 못함을 깨닫게 해주었다. 매일 잘 알지 못하는 것을 아는 척하면서 고객을 상대해야만 했다. 그런 내 모습을 옆에서 지켜보던 아내는 조금씩 나에 대한 실망감을 느꼈을 것이다. 상대적으로 우수했던 직장 동료와 업계에서 소위 잘 나간다는 분들에게서 내게는 없는 화려한 미래의 가능성을 봤을 수도 있다.

결국 우리 둘 사이에 문제가 생겼다. 몇 개월 동안 '설마 그건 아닐 거야'라는 자기 암시로 버텨왔건만, 결국 나의 우려는 사실로 판명되었다. 사실이 드러난 후에는 헤어지는 것만이 해결책이었다. 우리는 이렇게 서로에 대한 이해 부족과 자신에 대한 인식 부족으로 이혼을 하게 되었다.

당시 부모님에겐 나의 이혼이 알려지는 것이 일종의 두려움이었다. 심지어 한동안은 일가친척들도 작은아버님 두 분을 빼고는 아무도 알지 못했다. 40년간 공직생활을 하셨던 아버지에게 장남의 이혼은 꽤나 부끄러운 일이었던 것이다.

내가 이혼했던 2000년 초는 IMF 여파에서 조금씩 벗어나면서 희망이 가득했다. 하지만 알게 모르게 IMF 여파가 남아 있어서였는지 이혼율은 상승세를 보이고 있었다. TV를 비롯한 매체들도 한국 사회의 이혼율이 증가 추세며, OECD 국가 중 이혼율 상위 국가에 속한다는 기사를 내보내고 있었다. 하지만 그러한 통계적인 근거에도 불구하고 내 주변에서 이혼했다는 사람을 찾기는 쉽지 않았다. 같은 과 동기 중 한 명이 결혼한 지 1년도 채 안 되어 이혼한 경우가 있을 뿐이었다. 그러다 보니 이혼한 사람들은 뭔가 잘못을 저질렀거나, 문제가 있을 거라는 선입견이 많았다. 나 또한 내가 이혼남이 되기 전까지는 남의 이혼 소식을 들을 때마다 둘 모두에게서 문제점을 찾거나 사람됨을 의심하곤 했다.

그래서 두려웠다. 사회에서 만나는 사람들이 나를 바라보는 시선이 싫었다. 이혼했다는 사실을 한동안 떳떳하게 밝히기 어려웠다. 이혼이 정식으로 판결난 후, 이혼사건이 널리 알려진 외국계 회사를 떠나 국내 대기업으로 돌아갔다. 아내와 내가 신입사원 동기로 입사했던 그곳이었다. 돌아온 후 바쁜 일상에 몰입했다. 가끔씩 아내의 안부를 묻는 옛 선배들을 만나기도 했다. 새롭게 알게 되는 고객이나 직장 동료들 중에 "아내는 무슨 일을 하세요?" 하며 의례적이지만 과한 질문을 던지는 이들도 있었다. 예나 지금이나 우리 사회는 상대방의 사생활에 대한 질문을 던지는 것을 어려워하지 않는다. 처음에는 얼버무려가며 대답했다. 하지만 그런 질문을 받게 될 때마다 마음은 편치 않았다. 몇 달이 지난 뒤에는 솔직히 내 상황을 이야기했다. "전 '돌싱' 즉 돌아온 싱글입니다."

내가 이혼을 했다고 하면 사람들은 처음에는 당황하며 미안해 했다. 친분이 있는 경우에는 자유로운 처지가 부럽다며 위로 반 농담 반의 말을 던졌다. 하지만 그 말의 배경에 깔린 이혼 사유에 대한 호기심과 나에 대한 연민을 느낄 수 있었다. 자격지심 때문이 아니라 실제로 그렇게 와 닿았다. 아무리 태연한 척하려 해도 조절되지 않는 감정이었다. 나 홀로 문제아가

되어버린 느낌마저 들었다. 하지만 지속적으로 거짓말을 하는 것보다는 맘이 편했다.

나는 내가 '돌아온 싱글'이 되었음을 받아들이기로 했다. 그러기 위해서는 항상 이렇게 속으로 외치고 다녀야만 했다. 쪼그라든 알량한 자존심을 붙드는 유일한 방법이었다.

"그래! 나는 돌아온 싱글이다. 게다가 다섯 살짜리 아들까지 하나 딸린 돌싱이다. 그래서 어쩔 거냐? 세상에 자기가 원해서 돌싱 되는 놈 있으면 나와 보라고 해!"

02
나는 엄마가 없는 게 아닌데……

이혼 후의 삶이 어느 정도 안정될 무렵 아들이 초등학교에 입학했다. 제일 큰 걱정은 초등학생 시절 항상 우리가 들어온 말, "가서 어머니 모셔와라"였다. 주변 지인들이 특히 초등학교 때는 어머니를 찾는 경우가 많다고 정보를 줬다. 내가 선택한 방법은 정면 돌파였다. 학기 초가 되면 선생님을 찾아갔고, 아들의 상황을 이야기했다. 만약 학부모가 꼭 와야 되는 일이 있다면 내가 직접 올 거라고 말씀드렸다. 정 어려우면 할머니나 할아버지가 올 수도 있다고 했다. 선생님께서도 상황을 이해해주셨다. 하루는 급식 당번 때문에 학교를 찾아갔더니 엄마들이 놀라면서 자기들끼리 알아서 할 테니 그만 돌아가도 된다고 당번을 빼주었다.

이런 식으로 몇 년을 잘 버티고 있던 어느 날, 퇴근하고 돌아온 나를 어머니께서 부르셨다. 그다지 밝은 표정이 아니었다. 어머님 눈치가 심상치 않아 보여 게임 삼매경에 빠져 있는 아들을 피해 부모님 방으로 들어가 이야기를 나눴다.

– 오늘 건민이가 학교 다녀와서 제 엄마 이야기를 하더라.

– 뭐라고 해요?

– 학교에서 친구들이 자기한테 "너는 엄마가 없잖아"라고 하더래.

– 그래서요?

– 문제가 있거나 다툼이 있었던 건 아닌가 보더라. 아까 저녁 먹으면서 반 친구들이 그렇게 이야기한다면서, 자기는 엄마와 같이 안 살 뿐이지 엄마가 없는 게 아닌데 친구들이 이상하다고, 틀렸다고 하더라.

– 맞는 말이네요. 엄마가 죽은 것도 아니고, 버젓이 다른 곳에서 살고 있으니 건민이가 똑똑하게 이야기했네요.

– 그래 나도 맞는 말이라고, 아이들이 혹시라도 또 그러면 확실하게 이야기하라고 했다. 아이가 속이 깊어서 그런 이야기를 아범한테는 잘 하지 않지만, 상처가 있을 수 있으니 신경 좀 써라.

– 알겠습니다. 저도 저녁에 자면서 확인해볼게요. 영향이 있는지 없는지.

대충 어떤 상황이었을지 짐작이 되었다. 이미 우리 집은 아들 친구들이 들락거리는 사랑방 같은 곳이 된 지 오래였다. 신기하게도 아들은 친구들을 집으로 잘 데리고 오는 편이었다. 내 초등학교 시절에는 친구들을 집에 데리고 오는 것이 꽤 신경 쓰였다. 일단 놀 만한 거리들이 없었고, 나만의 방이 따로 있지도 않았다. 그래서 친구 집에 놀러간 적은 많았지만, 우리 집으로 데려와서 같이 논 것은 손가락으로 꼽을 정도였다. 하지만 아들은 자기 방 하나 제대로 없는 부모님 댁으로 일주일에 한두 번 이상 친구들을 데려왔다. 우리 집이 인기가 있었던 이유는 내가 구비해둔 두 대의 PC 때문일 것이다. 나란히 놓은 두 대의 컴퓨터 덕분에 PC방 수준은 아니지만 아이들은 좋아하는 PC 게임을 마음껏 즐길 수 있었다.

우리 집을 들락거리는 아들의 친구들에게 우리 집 상황이 뻔히 노출되었을 것이다. 맞이해주는 사람은 할머니, 할아버지고 어쩌다 보이는 것은 아버지뿐인 집. 둘러보면 조부모 방과 친구들과 노는 공용 방, 그리고 하나 남은 것은 나와 아들의 침실. 엄마의 흔적을 찾을 수 없는 집에서 웬만큼 둔한 아이가 아니라면 엄마의 부재를 모를 리가 없었다.

학교에서 그런 친구 중 한 명이 "넌 엄마가 없잖아"라고 던진 모양이었다. 아이들이야 자신들이 본 사실을 말한 것이지만, 아들에게는 그 말 한 마디가 나름 신경 쓰였던 것이다. "난 엄마가 없는 게 아니야. 같이 안 살 뿐이지"라고 자신 있게 이야기하지 못하고 그 억울함을 집에 있는 할머니에게 이야기하면서 풀었다는 것이 애처롭게 느껴졌다. 지금 당장은 눈앞에 펼쳐진 총천연색의 우주전쟁(PC 게임)에 몰입해 있지만, 내면에는 많은 상처가 남았겠구나 생각하니 참으로 미안했다. 이혼에 대한 후회가 밀려올 때가 바로 이런 순간들이었다.

컴퓨터 게임을 끝낸 아들에게 자기 전에 일기를 꼭 쓰라고 하고선 옆에 누워 책을 펼쳤다. 뭐라고 말을 붙여 볼까 하는 생각으로 머릿속이 복잡했다. PC 게임의 승리로 신이 나 있는 아들의 기분을 굳이 저하시킬 이야기를 할까 말까 망설였다. 결국 일기를 쓰고 난 아들에게 불 끄고 자자고 한 후에야 조심스럽게 말을 붙였다.

– 아들, 학교에서 아이들이 엄마 없다고 이야기했다면서?

– 네.

– 기분 괜찮았어?

– 아무 기분도 안 들었는데요.

– 그래? 엄마랑 같이 안 사니깐 힘들거나 슬프거나 우울하지 않아?

– 그런 거 없어요.

– 그렇구나. 건민아, 혹시라도 앞으로 아이들이 또 그러면 네가 이야기한 것처럼 엄마랑 같이 안 사는 거지, 없는 게 아니라고 똑바로 알려줘. 그리고 네 마음에 힘든 게 있으면 아빠한테 꼭 이야기해주고. 알았지?

– 네.

결국 아들 내면에 어떤 감정이 있는지 파악하지 못하고 어설픈 대화로 마무리하고 말았다. 아들이 겪고 있을 심적인 공허함을 어떻게 채워줘야 할지 도무지 알 수 없었다. '시간이 해결해주겠지'라고 생각했을 뿐. 어른인 내가 받은 상처나 허전함은 시간이 지나면서 조금씩 사그라지고 있었다. 게다가 새롭게 사랑할 사람을 만나면 쉽게 치유가 될 것이라 믿었다. 하지만 아들에게 엄마의 부재는 시간으로 치유되거나 새로운 엄마가 와서 메워줄 수 있는 부분이 아니었다. 아들을 위해 해줄 수 있는 게 없다는 것이 안타까웠다.

어느덧 고른 숨소리를 내며 잠이 들어버린 아들의 모습은 세상 그 누구보다도 평온해 보였다. 잠이 깨면 그 아이가 다시 받아들여야 할 세상의 편견들, 그리고 실질적인 엄마의 부재, 이러한 괴로움을 잘 견뎌내길 가슴속 깊이 빌었다. 아빠로서 해줄 수 있는 최선을 다하겠다고 다짐했다. 비록 구체적으로 무엇을 해야 하는지 모르는 어리바리한 아빠지만, 아들을 바라보며 다짐하는 결심만은 정말로 굳고 단호했다.

그 사건도 벌써 10여 년 전의 기억이 되었다. 아들에게 지금은 엄마와 함께 살지 않는다는 것이 어떤 의미일지 궁금하다. 가끔 말을 돌려가며 비슷한 질문을 해보지만 아무렇지 않게 "전 이제 괜찮아요"라고 대답하는 아들이다. 그럼에도 아들의 마음속 어딘가에 자리 잡은 상처가 있을까 두렵다. 이미 다른 아이의 엄마로 살고 있는 자신의 엄마에 대해 어떤 이야기를 가지고 있을까? 아빠와 조부모가 보여주었던 사랑이, 같이 살진 않지만 항상 자신을 위해 기도하고 연락하며 지내는 엄마의 사랑이 아들에게 온전하게 전해졌기를 바란다.

03
아들의 빈자리, 면접권 단상

이혼을 '당했다는' 무척이나 억울한 심정이 몇 년간 이어졌다. 특히 이혼 바로 직후에는 나뿐만 아니라 온 가족의 증오가 대단했다. '자식도 버려두고 가버린 년'이라는 편견이 오랫동안 떠나질 않았다. 그런 증오와 편견 속에서 처음에는 아들과 아내의 만남을 허락하지 않았다. 나와 부모님 몰래 유치원에 왔다 갔다는 외갓집 식구들 이야기를 들을 때면 정말 독한 사람들이라고 여기기도 했다. '그냥 우리끼리 잘 살게 두지 왜 안정을 깨는 건가'라는 불편함이 가득했다. 아들에게 직접 표현하지는 않았지만, 그런 집안 분위기를 눈치 채지 못했을 리가 없었다. 어딘지 모르게 위축되어 있는 아들을 보는 내 심정도 편안하지 않았다.

이혼 후 1년이 채 지나기 전에 아내는 면접권 소송을 걸었다. '어디서 감히'라는 집안 식구들의 분위기와 달리 나는 면접권은 억지로 제한할 수 없다는 사실을 알았다. 게다가 아들에게 엄마와의 만남을 제한하는 것은 나의 고집일 뿐이라고 생각했다. 집안 식구들의 격한 반대를 무릅쓰고 나는 법원에서 한 달에 두 번씩 1박 2일, 그리고 1년에 한 번 일주일씩 면접권을 주겠다고 합의하고 돌아왔다. 이 때문에 한동안 부모님과 내 이혼을 안타까워하던 형제자매들과 냉전이 있었다. 결국은 내 결정을 인정해주었지만.

면접권을 허용해준 초기에는 셋이 같이 만나기도 했다. 하지만 이혼한 남녀가 아빠, 엄마라는 이유로 '쿨하게' 만나는 것은 쉬운 일이 아니었다. 여전히 우리에겐 앙금이 많이 남아 있었다. 어쨌든 나는 자연스럽게 아들을 격주 토요일마다 외갓집으로 보냈고, 후에는 그것이 나에게 자유시간으로 되돌아왔다.

오늘은 아들이 자신의 외갓집에 가는 날. 주말 1박 2일 동안 나만의 시간이 보장되는 날이다. 아들 없는 저녁 시간에는 지인들과 술 약속을 잡아놓고, 아들이 집에 있는 아침과 점심만 식사를 챙겨주며 시간을 보냈다.

– 아들 외갓집 가서 뭐 할 거야?
– 《수학 정석》 가지고 갈 거예요. 중간고사 준비해야 돼.
– 그래, 무리하지 말고 적당히 하고 와.

항상 기특한 소리를 하는 듬직한 아들. 이제는 아들에 대한 신뢰가 확고해서 뭘 하든 상관이 없다. 그러나 아들이 좀 더 어렸을 때는 집에서 마음껏 못하는 PC 게임을 외갓집에서 하루 종일 하고 오는 눈치라 영 탐탁하지 않았다. 그렇다고 아들이 PC 게임을 적당한 시간만 하게 해달라고 부탁할 수도 없는 '소통 불가' 영역인 외갓집. 면접권 달라고 법원에 소송까지 걸었던 전 아내를 떠올리면서 '이런 식으로 방치할 거면 왜 면접권을 달라고 그렇게 난리를 쳤냐' 하는 불만이 솟구칠 때가 많았다. 하지만 그 불만도 시간이 지나며 희석되어 버렸다. 초등학교 때는 2주일에 한 번씩 꼬박꼬박 가던 횟수가 한 달에 한 번이 되고, 그나마도 안 가는 경우가 생겼다. 이제는 아들이 외갓집 가는 날은 내가 편하게 노는 날이 되었다. 어쩌면 아들에게는 외갓집이라는 유년의 추억을 더듬는 시간이 되고 있지는 않을는지. 한편으로는 아들이 외조부모를 위해 의무적으로 연락하면서 찾아가고 있다는 생각이 들 때도 있다. 새삼 대견한 녀석이다.

아들이 외갓집으로 간 뒤, 나도 간만에 대학 친구들을 만나 술 한 잔을 나눴다. 내 사정을 뻔히 아는 친구들이라 못할 말도 없고 이제는 시간이 오래되어 내 상황은 화제에 오르지도 않는다. 그래도 항상 물어보는 것은 아들의 안부다.

– 아들 몇 학년 됐냐?
– 응, 이제 고3이야.
– 와! 다 키웠구나. 그동안 키우느라 힘들었겠네.
– 아니 하나도 안 힘들었어. 지가 알아서 다 해.
– 복이다 복. 오늘은 뭐 하냐?
– 아들은 자기 외갓집에 갔어.
– 그렇구나. 오늘은 완전히 자유의 날이네. 달리자!

이런 식으로 호기롭게 술 마시고 놀 시간이 확보되었음을 기뻐해주는 친구들도 있다. 몇 년 전만 해도 아들의 외갓집행으로 확보된 주말이면 밤새 술도 마시고, 심지어 1박 2일 여행을 떠나기도 했는데 요즘은 그런 것에 영 마음이 내키지 않는다.

– 오늘은 여기까지 하고 그만 들어가자.
– 야, 불토를 즐겨야지. 왜 벌써 가려고?
– 지난 주 5일 내내 술 마셨더니 피곤하다.

적당한 거짓말로 술자리를 파하고 집으로 돌아왔다. 아파트 문을 열며 나도 모르게 아들을 불러본다.

– 아들, 아빠 왔다.

아무런 대답 없이 적막한 아파트는 오늘따라 더욱 휑해 보이는 형광등 빛깔로 나를 맞이한다. 외갓집에 갈 거라고 이미 이야기를 했지만 약속이 틀어져서 가지 않을 때도 종종 있고, 1박 2일이 아니라 토요일 밤 늦게 돌아오는 경우도 있었다. 왠지 조금만 있으면 아들이 문을 열고 들어올 것만 같다. 집이라고 해봐야 크지 않은 평수지만 아들과 둘이 있을 때와 혼자만 있을 때는 전체적인 느낌이 다르다. 갑자기 빈 공간 모두가 부담스럽게 느껴지기도 한다.

다소 무심한 스타일의 아들은 어딘가에 가면 전화로 자신의 행방을 남기는 데 매우 인색하다. 이젠 그러려니 하면서도 이런 날이면 전화나 문자라도 한 번 주면 좋겠다는 아쉬움을 느끼게 된다. 혼자만 있는 집은 지방 출장에서 혼자 자야만 했던 모텔 방과 유사한 느낌을 준다. 자야 되는데 자기는 싫고, 그래서 텔레비전을 여기저기 돌려보다 소파에서 곯아 떨어진다. 아예 잠들기를 포기하고 좋은 음악을 틀어놓고 책을 읽다가 상념에 잠긴 채 잠이 들기도 한다.

아들의 빈자리, 이렇게 큰 줄 알았으니 있을 때 더 소중하게 잘 해줘야 될 텐데……. 곧 대학생이 되고 군대까지 가게 되면 어차피 감당해야 할 몫이다. 그것을 알면서도 아직 현실로 닥치지 않은 오늘 밤은 아들의 부재가 아쉽고 허전하게 느껴질 뿐이다.

04
아들의 졸업식, 불편한 외가 식구들

■ 아들의 중학교 졸업식 날이었다. 초등학교 때 유난히 작았던 아들이라 일곱 살 때 학교 보낸 걸 후회하며 중학교 입학식에 함께 갔던 기억이 떠올랐다. 혹시라도 거친 아이들에게 맞거나 왕따를 당할까봐 걱정이 많았다. 우리 때는 크게 걱정하지 않았던 학내 폭력, 일진 등이 두려웠다. 한부모 가정 아이라고 위축될까도 걱정이었고, 가장 무섭다는 중2병에 걸리면 어떻게 대응해야 할까도 고민되었다. 그리고 3년이라는 세월이 지났다.

걱정과는 달리 아들은 자신이 하고 싶은 것을 잘 찾으며 다녀주었다. 학기 초마다 찾아 뵈었던 담임선생님들도 좋은 분들이었고, 가끔 집으로 데려와 알게 된 아들 친구들도 착하고 재미있는 녀석들이었다. 남들은 다 겪는다는 아들의 사춘기 방황도, 나는 그게 무엇인지도 느끼지 못했다. 조부모님의 헌신과 아빠의 노력도 있었겠지만, 무엇보다 아들이 스스로를 믿고 행동했던 것이 3년의 시간을 온전하게 보낼 수 있었던 핵심이었다.

아들의 중학 시절은 세 개의 키워드로 정의된다. 키, 게임, 축구.

아들은 중학 시절 내내 작은 키로 고민했다. 요즘처럼 아이들의 성장기가 빠른 시대에 아들은 항상 조금 작은 키로 친구들과 만나야 했다. 빠른 일곱 살의 나이에 입학을 시킨 것에 불만을 나타내기도 했다.

키에 대한 꾸준한 걱정 이외의 대부분의 시간은 온라인 게임과 학교 축구반 활동으로 보냈다. 학교 내에서 최상위권의 게임 실력을 자랑하며 학내 고수들과 어깨를 나란히 하고 있음을 들을 수 있었다. 그게 학업 성적이었다면 어땠을까, 하는 아쉬움이 가끔 들었지만 물론 그런 내색은 하지 않았다. 뭐든 하나라도 잘 한다는 것, 그리고 그만큼 집중력 있게 하나만 판다는 것은 길게 보면 아들 인생에 도움이 될 거라고 나를 세뇌시켰다.

작은 키에도 불구하고 축구선수가 되겠다는 꿈을 중학 1~2학년 때부터 가지고 있었던 아들은 축구에 대한 관심이 엄청나게 많았다. 어린 시절, 아들과 몇 차례 축구를 해본 경험을 바탕으로 나는 아들의 능력을 제한하고 있었다. '축구는 영 아니구나' 하는. 그래서 아들이 유소년축구단에 들어가겠다고 했을 때, 말로만 알았다고 했지 실제로 들어갈 수 있는 구체적인 방안을 마련하지는 않았다. 아들이 방 안에서 드리블을 연습하고, 아침이나 방과 후에 축구를 하는 것을 보면서도 '저러다 말겠지' 하고 수수방관했다. 하지만 어느 날 실제로 다른 중학교와 경기를 하는 모습에서 어엿한 선수의 느낌이 나는 것을 보며 놀랐다. 그리고 나의 좁은 마음과 짧은 식견을 반성했다. 아들은 자신이 원하는 것을 실제로 해낼 수 있는 가능성을 가진 존재였다.

그렇게 다양한 시간을 보낸 아들이 벌써 중학교를 졸업하고 고등학생이 된다니 감회가 새로웠다. 아들 졸업식을 보기 위해 휴가를 내서 부모님을 모시고 학교로 향했다. 학교 앞은 여느 졸업식과 마찬가지로 꽃을 파는 아줌마, 아저씨들, 심지어 중학생쯤으로 보이는 어린 꽃상인들로 가득 차 있었다. 품질에 비해 과한 가격을 부르는 탓에 꽃을 사지 않았다. 무겁기만 하고 어차피 버릴 꽃이라고 생각하기로 했다.

어제쯤 동네 꽃가게에 미리 주문을 해놨으면 좋으련만 미처 하지 못했다. 나는 학교 앞에서 팔고 있는 허접스런 꽃다발을 아들에게 주고 싶지 않았다. 그래서 아예 주지 않겠다는 방법을 택했는데 허전한 두 손이 자꾸 창피하게 느껴졌다. '아들이 실망하면 어쩌지' 하는 걱정도 계속 올라왔다. 그럼에도 결국은 아무것도 준비하지 않은 채 졸업식장인 강당으로 올라갔다. 시끌벅적하게 떠들어대는 아이들 속에서 아들의 모습을 발견했다. 나는 특별히 깔끔한 옷을 입고 가길 원했지만, 평소 모습 그대로 가겠다고 먼저 가버린 아들. 전체 아이들 중에서 유독 내 눈에만 들어오는 아들. 안면이 익숙한 아들 친구들이 나에게 인사를 하고, 아들에게 할머니, 할아버지와 함께 왔음을 알리기 위해 손을 흔들었다.

이렇게 즐거운 시간을 보내는 중에도 나에게는 스멀스멀 올라오는 불편함이 있었다. 그것은 바로 졸업식에 찾아올지도 모를 아내와 외가 식구들이었다. 초등학교 졸업식 때는 아내가 찾아왔기에 함께 사진을 찍어준 적도 있었다. 물론 당시는 가끔 연락이라도 주고받곤 했지만, 이제는 간단한 문자조차 주고받지 않는 상태였다. 제발 만나지 않기를 바라는 마음으로 주위를 살폈다. 아들은 '외할머니만 오시고 엄마는 못 오실 거야'라고 했다.

더 이상 만나고 싶지 않은 아들의 외가 어른들. 여전히 불편한 감정이 많이 남아 있다는 것을 발견했다. 이혼이 결정된 후 '팔은 안으로 굽는다'는 것을 몸소 실천해 보이셨던 분들. 이혼 과정 중에는 나에게 전화를 해서 미안하다고 하셨던 분들이 막상 이혼이 결정된 그 순간에는 우리 집까지 찾아와서 고함을 지르며 내 탓을 하셨다. 그 쓰라린 기억은 오랫동안 떠나질 않았다. 일종의 배신감이었다. 하지만 손자를 사랑하는 외할머니, 외할아버지의 역할을 수행하겠다는 그분들을 내 마음대로 막을 수는 없는 노릇이었다.

각자의 대형을 유지한 채 앉아서 졸업식을 지켜보는 아들과 친구들, 그리고 하나둘씩 호명되어 단상에 오르는 아이들, 그다지 아쉬워 보이진 않지만 답사와 송사로 헤어짐을 표현하는 선후배들, 그리고 어린 학생들의 어설프지만 즐거운 축하 공연까지 꽤 긴 시간이 훌쩍 지나버렸다. 공연을 보고 있는 사이, 아들의 외할머니가 왔다 갔다. 준비해온 꽃다발을 전해주고 귓속말로 몇 마디 졸업 축하를 한 채 가버린 것이다. 아들 엄마는 오지 않았다.

우리 집으로서는 첫 번째 친손자고, 저쪽에서 보아도 첫 손자로 아주 의미 있는 졸업식인데, 제대로 축하도 못 하고 어설프게 왔다 가버렸다.

졸업식을 마치고 아들의 마지막 물건들을 챙겨 나오기 위해 아들과 함께 중3 교실을 찾았다. 사진 찍기 싫다는 아들을 겨우 붙잡아 한 장, 절친인 종혁이와 함께 한 장, 겨우 사진 두 장을 찍었다. 예전 같으면 짜장면을 한 그

릇 먹어야 할 테지만, 부근 이탈리안 레스토랑을 예약하고 부모님과 축하하러 온 조카와 함께 점심을 먹었다. 그렇게 아들의 중학교 졸업식은 끝났다.

이혼은 때때로 관계를 정리하고, 새로운 출발을 하는 의미가 되기도 한다. 하지만 아이가 있는 경우의 이혼은 아직도 정리되지 않은 감정의 찌꺼기와 쓰디쓴 기억을 떠올리게 만드는 경우가 너무 많다. 나는 그런 기회를 다시 한 번 경험했고, 견뎠다. 앞으로도 많은 경우를 만나겠지. 어쩌면 내 평생 업보처럼 가져가야 할 만남이 될지도 모른다. 그렇지만, 이 또한 내가 선택한 결과라 여기고 받아들이는 것이 필요할 것이다.

아들은 엄마와 아빠가 함께 축하해주지 않는 졸업식을 최소한 두 번은 견뎌야 한다. 어른들이 만들어놓은 불편함 속에서 아들은 더 힘들 것이다. 이 부분을 어떻게 해결할 수 있을까? 서로가 큰 뜻으로 화해하는 것이 과연 가능할까? 이제 곧 아들의 고등학교 졸업식이 다가온다. 이번에도 과거의 불편함을 그대로 가져갈 것인지……. 또 한 번의 만남, 안 해도 되지만 안 하고 가기에는 찝찝한 만남이 숙제처럼 다가오고 있다.

05
5월은 우울한 가정의 달

5월은 푸르구나, 우리들은 자란다.
오늘은 어린이날, 우리들 세상.

어렸을 때 흔히 들었던 어린이날 노래다. 하지만 지금은 나의 세상이 아니다. 나 같은 돌싱에게는 어린이날을 비롯해서 어버이날과 스승의 날, 심지어 부처님오신날까지 있는 5월은 부담스러운 달이다.

나는 5월 5일에 대한 좋지 않은 기억이 있다. 이제는 잊어버릴 만도 한데, 해마다 어린이날이면 기억이 난다. 아내와 이혼했던 그 해 어린이날, 아직 이혼의 빌미가 발견되기 전이었지만, 상황은 악순환으로 치닫고 있었다. 아내는 이유 없는 늦은 귀가와 연락 두절로 나를 괴롭혔다. 나는 화를 내기 시작했고 우리 사이에는 대화가 없어졌다. 하지만 귀엽고 사랑스럽기만 한 아들에게 무슨 죄가 있겠는가. 우리는 어린이날만큼은 아들을 데리고 어딘가에 가서 가족끼리 시간을 보내기로 했다.

– 오빠가 먼저 건민이 데리고 어디로 가 있어.

– 왜?

– 나 어디 좀 들렀다 가야 될 것 같아.

– 오늘 어린이날인데 어딜 가? 건민이 아침부터 준비하고 있는데 넌 관심이 있니 없니?

– 내가 그걸 몰라서 그래? 급하게 들를 데가 생겨서 그렇다고.

– 그럼 이 근처 가까운 공원에 가 있을 테니 빨리 마치고 연락해. 거기서 있다가 너 돌아오면 같이 가게.

– 알았어. 전화할게.

무척 기분이 나빴다. 주변에는 할머니, 할아버지랑 나온 아주 어린 아이들이 보였다. 아들 또래 아이들은 아마도 이 시간엔 놀이공원에서 신나는 시간을 보내고 있을 터였다. 두어 시간이 지나도 아내에게선 연락이 오지 않았다. 내가 건 전화에도 응답하지 않았다. 결국 그 해의 어린이날은 두 부자만이 함께 시간을 보낸 날이 되었다.

나는 오랫동안 이 일로 아내를 비난했다. 물론 직접 대놓고 한 것이 아니라 내 마음속으로. 엄마로서 기본이 안 되어 있는 여자라고. 그리고 나 자신을 정당화시켰다. 나는 가정을 지키려고 나름의 노력을 했다고. 세월이 흐르고 나서는 그 부질없는 합리화가 아무런 의미가 없다는 것을 깨달았다.

차라리 그날 아들과 훨씬 더 즐겁게 놀아주었어야 했는데, 엄마가 없다는 티를 내가며 아들을 불안하게 만들지나 않았는지 후회가 된다.

이런 좋지 않은 기억과 함께 가정의 달 5월은 항상 부담스러웠다. 다른 집에 비해 부모님과 형제간의 우애가 좋다고 생각하는 우리지만 가정의 달에는 특별한 가족모임이 정해져 있지 않았다. 각자의 집에서 적당히 알아서들 움직이는 것이 불문율이었다. 어버이날에도 누나가 부모님을 챙겼을 뿐 나는 무언가를 적극적으로 해본 기억이 없다. 나의 불완전한 가정 상황 때문이었는지 의도적으로 피해 왔다.

스승의 날도 마찬가지다. 요즘은 스승의 날이 무척 편해졌다. 극성맞은 학부모들의 치맛바람 방지를 핑계로 선생님들만의 자체 행사로 끝나니 말이다. 선생님께 선물을 하거나 찾아 뵙거나 하는 관례가 사라져버렸다. 어쩌면 아빠인 나만 모르는 뭔가 있을 수도 있지만, 나는 없다고 믿고 있다. 예전에는 5월이면 스승의 날을 피해서라도 담임선생님을 찾아 뵈어야 할 것만 같은 강박관념에 사로잡히기도 했다. 아들이 고등학생쯤 되니 내 방식에 익숙해진 탓에 아무런 느낌이 없다. 스승의 날은 공휴일이 아니기에 학교에 가지 않는 아들만 신경 쓰면 되는 또 다른 하루일 뿐이다.

놀러가기에 정말 좋은 날씨를 보여주는 푸르른 5월. 다른 가정처럼 야외나 근처 공원, 쇼핑몰 등으로 다니면서 신나게 웃고 떠들고 맛난 것을 먹으러 돌아다녔으면 좋겠다, 하는 생각만 가진 채 몇 년을 보내버렸다. 그나마 다행스럽게도 아들이 초등학생 때 5월 5일을 끼고 며칠 휴가를 내어 도쿄

디즈니랜드에 다녀온 추억이 남아 있다. 여행을 가면 항상 그렇듯 연신 싸우긴 했지만, 지금도 아들과 함께 걸어서 찾아다녔던 라멘집과 스시집, 어렵게 찍어놓은 몇 장의 사진들로 옛 추억을 떠올리곤 한다.

앞으로 가정의 달에는 무엇을 해야 할까? 5월이 될 때마다 내가 우울해졌던 것은 남과 비교를 해서였을 것이다. 우리 집은 한부모 가족이고, 다른 집은 양부모 가족이다 하는 자격지심에서부터 우울함이 시작되었을 것이다. 한부모, 양부모 상관없이 지금의 가족과 현재의 시간을 최대한 행복하게 보낼 마음을 가졌다면 어땠을까?

앞으로는 예년과 다르게 보낼 계획이다. 고등학교를 졸업하고 대학생이 되는 아들과 여행을 다니는 것은 어렵겠지만, 연휴를 만들어 가족들과 국내 어딘가를 돌아다녀야겠다. 어버이날에는 부모님과 저녁식사를 해야겠다. 말썽 많은 큰아들 가족을 보살피느라 여전히 분주하신 어머니, 건강이 예전 같지 않음에도 손자를 위해 애써주셨던 아버지, 두 분의 지극한 사랑에 대한 감사를 표현할 날도 많이 남지 않았다. 아내가 없는 내 상황을 이해해주고, 가족 행사 준비가 필요할 때마다 수고하는 누나와 동생, 제수씨에게도 고마움을 표현하는 5월을 만들자. 미국에 있는 동생 가족에게도 안부 전화를 하자.

1년에 한 번쯤 이 모든 것을 할 수 있는 5월은 더 이상 부담스럽고 우울한 달이 아닐 것이다.

06 부부동반 모임, 가본 지가 언젠지

■ 지인들과의 모임에 참석하려고 신사역을 나오는 길이었다. 내 앞으로 일본인처럼 보이는 노부부가 지나갔다. 여자분 머리가 반백을 훨씬 넘은 것으로 보아 최소한 60대처럼 보였다. 두 사람은 캐주얼한 차림으로 손을 잡고 걸어가고 있었다. 새삼 부럽다는 생각이 들었다. 언제부터인가 나에겐 그렇게 다정한 부부의 모습이 부러우면서도 나와는 상관이 없는 것처럼 느껴진다.

수십 년을 함께한 부부가 황혼의 저녁을 손 잡고 걸어가는 모습은 내가 꿈꾸던 이상적인 부부의 이미지였다. 아마도 과거 배창호 감독의 자전적인 영화 《러브 스토리》의 엔딩 장면일 거다. 배창호 감독은 이 영화를 자신과 자신의 아내를 주인공으로 캐스팅해서 찍었다. 영화감독이기에 가능한 일이다. 촌스러움 때문에 관객들이 실소를 터뜨리기도 했던 이 장면에서, 나는 오히려 큰 감동을 받았다. 부부란 오랜 기간 쌓인 희로애락의 경험을 통해 서로 신뢰하고, 나이가 들어서는 많은 것을 이해하고, 근심을 위로해줄 수 있는 둘도 없는 친구처럼 살아야 한다는 것이 내 부부관이었다.

내가 꿈꾸는 이상적인 부부관계가 언제 이루어질지 알 수 없다는 것에 대해 답답함을 느끼곤 한다. 부부동반 모임이라는 것에 가본 지도 십수 년이 흘렀다. 결혼 초, 아내 친구들 부부모임에 따라다녔던 기억. 입사 동기 중 가장 친한 친구들 부부와 스키장에 놀러갔던 기억. 회사 송년 파티에 부부동반으로 참석했던 기억. 몇 번의 기억을 떠올리고 나면 더 이상 부부동반으로 함께했던 기억이 없다.

부부동반 모임이 항상 즐거운 것만은 아니었다. 남편 측이든 아내 측이든 서로 낯선 상태에서 만나는 쪽이 있게 마련이다. 그런 어색함을 깨기 위해선 꽤 오랜 시간, 여러 번의 만남이 필요하다. 하지만 같은 시대를 공유하고, 아이들이 자라면서 얻게 되는 유사한 고민을 서로 나누고, 세월과 함께 쌓이는 우정을 고려하면 부부동반 모임은 손해날 것이 없다.

동생은 회사 선후배를 중심으로 네 가족, 여덟 명의 부부가 해마다 여행을 다닌다고 한다. 친구인 석주는 고등학교 동창 열 명 정도가 결혼 전부터 모임을 가져왔고, 지금은 아내와 아이들까지 합쳐진 수십 명의 연중 모임이 있다고 한다. 회사 동료 부장님은 아이의 중학교 학부모 모임이 활성화되어서 매주 만난다고 한다. 모임을 통해 아이들의 학교생활에 대해 의논하고, 심지어 조기축구회도 있다는 것이다. 그런 이야기를 들을 때면 나에게는 더 이상 부부동반 모임이 없을 수도 있겠구나 하는 걱정이 생긴다. 부부동반

슬퍼 대디?
슈퍼 대디!

모임이 도대체 뭐라고 그런 고민을 하게 되는 걸까?

초기 부부동반 모임에서 나는 항상 아내가 자랑스러웠다. 외국계 회사에서 잘 나가고 있고, 교양이 넘치고 뭔가 지적인 분위기가 있는 여자라 생각했다. 상대적으로 내가 아내 지인들 모임에 남편으로 참가할 때는 부담이 있었다. 다른 남편들의 직업이 뭔지 궁금했고, 혹시라도 사회적으로 잘 나가는 사람이 있을 때면 남몰래 주눅이 들곤 했다. 그래서 부부동반 모임이 그다지 반갑지 않았다. 특히 내가 아내의 남편으로 가야 하는 모임이 그랬다. 아마도 내 주변 부부동반 모임이라는 것이 그렇게 남에게 보여주기식 모임이 많아서였는지도 모른다.

세월이 흐른 지금에는 그냥 오랜 시간을 견뎌온 부부들과 살아가는 이야기, 아이들 이야기 그리고 우리가 살아갈 미래의 삶에 대해 편하게 이야기를 나누고 싶다. 오랫동안 만나지 못한 친구들과 더 편하게 만나고 싶다. 이런 모임이 군데군데 이루어지고 있다는 것을 알면서도 나는 감히 참석하겠다고 이야기하진 못한다. 혼자 참석해서 분위기를 깨고 싶지 않기 때문이다.

얼마 전 만난 대학 과 동기가 이렇게 말해주었다. 그 친구는 이혼한 지 오래되었고, 2년 전에 재혼을 했다.

– 창영아, 결혼이라는 게 하고 나니 결국 똑같더라. 나와 안 맞는 것이 보이고 내가 살아온 삶과 많이 다르다는 것을 알게 되고, 그래서 좋다고 정신없을 때와 많이 다르더라고.

– 그래서 결혼한 게 후회되냐? 나 결혼하지 말까?

– 아니, 우리 나이쯤 되면 결혼을 해도 안 해도 상관이 없겠지만……. 나중에 늦게 결혼하려면 말이지 상대편 여자도 뭔가 조건을 걸지 않고서는 어렵단다.

– 그런가? 아버님 지인 중에 늦게 재혼하신 분이 계신데 월 생활비 얼마씩 줄 것인지, 돌아가시면 뭐 상속할 것인지 정해놓고 하셨다고 하더라.

– 그래, 그런 거지. 지금은 나와 아내가 조금 맞지 않는 것이 있다면 대화를 하는 거지. 안 맞으면 조금 싸우고, 화해하고 하면서 서로 신뢰를 확보하는 과정이라고 생각해. 그러니까 창영아! 잘 고민하고 어서 결혼해라.

친구와의 대화는 결국 재혼을 하라는 권유로 끝나고 말았지만 내가 그 대화에서 얻은 것은 좀 더 컸다. 나는 서로 좋아하기만 하면 당장에라도 손 잡고 걸어다니는 반백의 부부가 될 수 있다고 생각했었다. 나의 꿈에서 빠진 것은 서로간의 신뢰를 쌓는 기간이 필요하다는 거였다. 내가 원하는 부부동반 모임. 그것은 결국 신뢰를 바탕으로 이루어지는 거였다.

그래, 부부동반 모임에 가는 것도 중요하다만 제일 중요한 것은 신뢰의 두께구나.

내가 그동안 누군가를 사귈 때 미처 생각하지 않았던 상호 신뢰 여부를 가늠하며 조용히 반성해본다.

07
아내에 대한 질문이 불편한 이유

새로운 대리점 사장님과 첫 번째 업무 미팅이 있는 날이었다. 하필이면 오후 4시, 애매한 시간이었다. 혹시라도 저녁식사를 하자고 할 가능성이 높기 때문이다. 나는 식사할 가능성이 원초적으로 차단되는 시간으로 잡기를 원했지만 동행하는 영업부장님 때문에 결국 4시가 약속 시간이 되었다.

나는 처음 보는 분들과 식사하는 것을 좋아하지 않는다. 원래부터 좋아하지 않았던 것은 아니다. 나름 넉살도 좋고, 사람과 만나고 대화하는 것을 좋아해서 예전에는 그런 자리를 즐겼다. 그런데 이제는 되도록 피하는 편이 되었다. 그 이유는 최초의 만남에서 전개되는 시나리오가 뻔하기 때문이다. 식사를 한다고 앉게 되면 일과 관련된 이야기를 조금 한다. 곧 화제는 취미인 골프나 등산 등으로 옮겨가게 되고 조금 지나면 아이, 아내, 결혼생활 등의 호구조사로 전환되기 일쑤다.

아마도 나한테 이렇게 물어보겠지. '아이는 몇 살이에요?' '아내 분은 뭐하세요?' 등등. 아들에 대해서는 그들이 묻지 않아도 내가 하고 싶은 말이 많다. 고3이고, 게임 좋아하고, 축구 좋아하고, 요즘은 래퍼를 하겠다며 신나게 놀고 있다고. 그리고 낭만 넘치는 미대 오빠가 되고 싶어 한다고.

하지만 아내에 대한 이야기로 주제가 전환되는 것은 그다지 기쁜 일이 아니다. 이혼한 사람 가운데 이혼 사실을 전혀 이야기하지 않는 경우가 있다. 특히 돌싱 여성들이 좀 더 그런 경향이 많다. 심지어 남편에 대한 이야기를 실컷 하는데, 실제로는 이혼한 상태인 분도 있었다. 남자들은 상대적으로 편하게 이야기하는 편이다. 아마 그것은 우리 사회가 가지고 있는 이혼에 대한 편견에서 여자들이 더 많은 피해를 보기 때문일 거다.

어쨌든 나는 누군가 물어보면 일단 거짓말을 하고 싶진 않았다. 그래서 그런 질문이 없기를 바란다. 만약 아내에 대해 물어보는 상황이 오면 "저는 이혼했습니다"라고 솔직하게 말한다.

사람들은 내 대답에 놀라고, 몇 년 되었냐고 물어보고, 아이는 누구와 사냐고 물어본다. 보통은 여기까지 하고 마는데 호기심 많고 오지랖 넓은 분들은 왜 이혼했냐고 물어보는 경우도 있다. 이 질문이 제일 난감하다. 나는 이 질문을 받으면 잠시 고민한다. '솔직하게 말할까'와 그냥 '성격 차이였다'라고 둘러댈까, 아니면 아예 '가짜 스토리 하나를 만들까' 사이에서 선택을 한다. 솔직히 말하는 경우는 상대방에 대한 신뢰가 생긴 경우다. 또는 나에게 누군가를 소개해줄 가능성이 있어 보이는 사람에게도 솔직히 말한다. 나를 피해자처럼 만들어 동정심을 유발시키려는 못된 전략이 숨어 있기도 하다. 나는 아직도 음흉한 늑대임에 틀림없다.

솔직히 말할 경우의 부작용은 내 스토리를 대부분의 사람들이 궁금해 한다는 것이다. 드라마에서나 나올 법한 일처럼 내 이혼을 바라보는 경우도 많다. 이혼이란 것이 한 사람의 일방적인 잘못으로 이루어지는 것은 아니기에, 나도 점점 이혼 사유를 솔직히 이야기하고 싶지 않아진다. 나 자신을 내가 욕하는 것과 같기 때문이다. 궁금해 하는 부분에 대해 적당한 수준으로 줄여서 이야기하는 것은 내 몫이다.

성격 차이라고 말하거나 가짜 스토리를 만드는 경우는 상대방과의 관계가 아주 일시적이라고 느끼거나, 상대방에 대한 첫인상이 그다지 좋지 않은 경우다. 이런 사람들에게는 '진짜 이유는 뭔가 있지만 너에게는 이야기하고 싶지 않아'라는 느낌이 들도록 이혼 사유를 이야기한다. 그러면 보통은 더 이상 질문하지 않는다. 그때부터 더 캐는 사람들은 진짜 이상한 사람들이다.

각자 원하는 바가 다르다 보니 회의는 예상보다 길어졌고, 결국 저녁식사를 하지 않을 수 없는 시간이 되었다. 식사만 간단히 하면 되겠지 하고 참석했는데, 역시나 식사는 술을 부르고, 술을 마시면 좀처럼 일어날 기회가 안 생긴다. 그러다 결국 호구조사까지 가버렸다.

– 이 부장님, 자녀분은 몇이나 있으세요?

– 저는 이제 고3 되는 아들녀석 하나 있습니다.

– 아 그러시군요. 다 키우셨네요.

– 예, 뭐 아직 대학도 가야 하고 험난하지만 좀 낫죠.

살짝 긴장감이 들었다. 이제 아내 이야기를 할까 봐. 그래서 재빨리 화제를 다른 곳으로 돌렸다.

– 이 사장님은 좋아하시는 게 뭔가요?

– 저는 뭐 특별히 하는 건 없고 가끔 골프 칩니다.

– 그러시군요. 골프 좋죠. 저도 잘 치지는 못해도, 가끔 즐깁니다.

– 아! 그럼 언제 한번 함께 라운딩 하시죠.

– 예 나중에 기회가 되면요.

– 저는 부부동반으로 골프를 많이 칩니다. 이 부장님도 사모님이랑 골프 치시나요?

아뿔싸! 내가 판 함정에 내가 빠진 꼴이 되고 말았다. 'Yes or No'의 갈림길에서 갈등을 잠시 하다가 결국 고백했다.

– 아뇨, 전 그렇게는 못합니다. 아내가 없거든요.

– 예?

– 이혼한 지 좀 되었습니다.

– 아이고, 그렇군요. 죄송합니다.

– 죄송은요, 그렇게 되었습니다.

슬퍼 대디?
슈퍼 대디!

결국 내 이혼 사실은 의도치 않게 밝혀졌고, 오늘의 술판은 내 이혼 이야기로 꽃을 피우는 시간이 되었다. 다들 나에게 부럽다며 자신들의 결혼생활에 대한 어려움을 호소했다. 나에게는 다 자랑처럼 들렸지만 말이다.

이혼을 했다는 사실, 그래서 아내가 없이 아들과 산다는 것이 그들에게는 어떤 모습으로 비춰졌을까? 평상시에는 고민하지 않는 문제인데 이런 식으로 내 상황이 대화의 소재가 되는 날이면 한 번쯤 생각해본다.

그들에겐 남의 가정사가 어찌 되었건 아무 상관이 없다. 그럼에도 본인들과 다른 상황의 나를 만나면 갑작스럽게 한부모 가정의 모든 사례들을 자신의 주변에서 찾아 이야기한다. 아마도 내 이혼 사유까지 제대로 알았다면 별의별 케이스가 다 등장했을 것이다. 남자인 나도 이렇게 편치 않은데 여성들은 어떨까 싶다. 대한민국에서는 돌싱남보다 돌싱녀에 대한 편견이 유독 심하고, 실제로 불이익을 받기도 쉽다. 게다가 여성들과 첫 대면을 할 때면 유독 결혼 여부와 남편이 뭐 하는지에 대해 관심을 갖는다.

나에게 이런 상황은 앞으로도 반복될 것이다. 남은 삶에서 이혼을 했다는 것, 한부모 가정이라는 것, 현재 돌싱이라는 것을 어떻게 설명하는 것이 가장 효과적일까 궁금하다. 아직 묘안은 없지만, 이혼을 하고 한참이 지난 지금에는 왠지 내가 더 좋은 상태일지도 모른다는 생각이 슬그머니 올라온다.

"유부남님들! 제가 부럽지 않으신가요?"

08
그녀의 편지, 심란한 하루

■ 어제의 회식 탓인지 오늘 점심은 그다지 먹고 싶지 않았다. 팀원들이 모두 식사를 하러 나간 사이, 사무실 내 조명은 잠시 소등된다. 눈이라도 내릴 듯 흐린 하늘 덕분에 사무실은 단잠을 잘 수 있는 최적의 상태로 변했다. 잠시라도 눈을 붙여 컨디션을 회복하려는 마음으로 잠을 청했다. 하필 그때 거래처로부터 전화가 왔다. 급하게 처리해줄 업무 요청에 잠시 정신을 쏟다 보니 수면의 세계로 빠져들 준비가 되었던 몸과 머리가 긴장 상태로 전환되어버렸다.

오침을 포기하고 개인 이메일을 열었다가 불현듯 저장함에 담긴 옛 메일을 보았다. 저장함에는 10여 년도 넘은 메일들이 보관되어 있다. 옛 여자친구와 주고받은 메일, 친한 친구에게 보냈던 재미난 글, 그리고 아내와 이혼하기 직전 주고받은 메일 등이다.

슬퍼 대디?
슈퍼 대디!

보지 않겠다 하면서도 다시 아내와의 메일을 훑어보게 된다. 추억이라고 하기엔 씁쓸한 내용뿐인 그 메일들을 나는 왜 삭제하지 않는 것일까? 사달이 일어난 당시에는 하루가 멀다 하고 그녀의 이메일이 도착했다. 그리고 나는 메일을 읽으면서 그녀의 뻔뻔함과 냉정함에 치를 떨었다. 사건은 자신이 저질러놓고, 자신의 변화는 불가항력이었다고 변명하는 것에 당황했다. 그래서 이메일을 저장해두기로 했다. 훗날 엉뚱한 소리를 하면 증거로 써 먹겠다는 마음이었다.

그녀는 자신의 책임이 무엇인지는 잘 알지만 내 분노와 이혼을 회피하려는 대응이 이해하기 힘들다고 했다. 아마도 그녀의 전화를 무작정 피한 것 때문이었을 게다. 전화를 안 받으니 메일로 나에게 전화를 요청하기도 했다.

10년 이상의 시간이 흐른 지금, 그때의 내 심경을 정확히 떠올리는 것은 어렵다. 어렴풋이 기억나는 것은 다른 사람을 사랑한다고 당당하게 이야기하는 그녀에 대한 분노보다 피해자가 되어버린 나에 대한 창피함이 훨씬 컸다는 것이다. 다른 사람들이 나를 어떻게 볼지가 제일 신경 쓰였다. 내가 직면해야 했던 수치심을 우선 피하고 싶었다. 그녀와의 대화를 피하면서 어떻게 하면 나에게 유리하도록 상황을 전환할 수 있을 것인가 고민했다. 결국 나는 그녀를 공격할 시간을 벌었던 셈이다.

'이혼'이 내 앞에 당면과제로 다가왔을 때, 나는 이혼을 피할 수 있는 방법을 찾지 않았다. 이미 엎질러진 물이라고 생각했다. 몇 개월이나 이어진 다툼을 고려하면 당연한 것일 수도 있다. 그렇지만 무작정 아무런 대화도 하지 않으려는 나 때문에 그녀는 무척 답답했었나 보다. 꽉 막힌 나를 메일로 비난했다. 나는 그러한 비난을 철면피 같은 요구라고 여겼다. 이혼을 기정사실화하고 난 뒤 내가 지킬 것에 대해 살폈다. 당시 내가 지키고자 했던 1순위는 돈이었고, 다음이 아들에 대한 권리였고 마지막으로는 사회로부터 받아야 할 동정이었다.

그까짓 재산이 얼마나 된다고, 그것부터 챙길 생각을 했을까? 닥친 상황을 놓고 솔직히 대화했다면 결과는 어땠을까? 지금이야 이런 성찰이 가능하지만, 당시에는 그 무엇도 나눠주고 싶지 않았다. 나는 재산을 내 뜻대로 나누지 못할 일말의 가능성까지 차단하고자 철저히 준비했다. 그녀에게 빠져나갈 구멍조차 없게 만들었고, 이혼의 또 다른 원인이 된 남자에게도 보상을 요구했다.

나는 아들에 대한 양육권도 절대로 포기할 생각이 없었다. 만약 내가 이혼남이 된다면 나를 행복하게 만들어줄 유일한 존재는 아들이었다. 그리고 남들 앞에 떳떳하게 나설 수 있는 증거도 아들과 함께하는 삶이었다. 사회적인 명분, 나는 그 명분을 갖고 싶었고, 아무것도 모른 채 있다가 피해를 입은 선한 남편으로 비치고 싶었다. 어리바리 순박하기 짝이 없던 남자가 못된 여자와 헤어진 뒤 아들 하나 믿고 의지하면서 산다는 드라마를 쓰고 싶었다. 그래서 아내를 철저히 짓밟았다. 내가 할 수 있는 조치를 다 취했다. 그리하여 마침내 게임에서 승리했다. 하지만 내 마음은 패배자였다.

이런 일련의 기억들이 그녀가 보낸 수십 통의 메일을 읽으면서 떠올랐다. 그땐 미처 볼 수 없었던 그녀의 진심이 이제야 보였다. 그녀는 자신에게 생긴 사건에 대해 제대로 처신하지 못했다. 차라리 일찍 터뜨렸어야 할 곪은 상처를 꽁꽁 감추다가 나에게 들키고 나서야 고백했다. 내 분노는 그녀의 진실을 우연히 발견하지 못했다면 사건이 어떻게 진행되었을까 하는 아찔함에서 비롯되었다. 어쩌면 그녀가 미리 자신의 상황을 설명했다면, 그냥 체념하고 현실을 받아들이려 했을지도 모를 일이었다. 그랬다면 우리는 '쿨한' 이혼을 했을 수도 있다. 그리고 아들의 친권 및 양육권과 재산 배분도 공평하고 합리적으로 전개되었을지 모른다.

그러나, 그녀는 그렇게 하지 못했다. 게다가 그녀는 내가 반격을 가할 거라고는 생각지 못했다. 의외로 순진한 건 내가 아니라 그녀였다. 나는 사실을 알고 난 후 두어 달 동안 결정적인 단서와 증거를 잡아서 법의 잣대로 처리하도록 만들었다. 철저히 준비한 만큼 나는 원하는 것을 얻었다. 하지만 이 메일을 보면서 그 당시를 회상할수록 창피하다. 당시의 아픔이나 절망감은 이미 사라져버렸기에, 지금 느끼는 수치심은 남의 시선으로부터가 아니라 내가 나를 바라보면서 느끼는 것이다.

점심 때 쉬지 못하고 읽은 이메일의 영향이 하루 종일 이어졌다. 오후에도 자꾸 당시의 기억이 떠올랐다. 내가 보였던 행동들이 부끄러웠다. 아내가 보여주었던 당당함에 대해 여전히 반발심이 올라오는 것도 느꼈다. 그녀가 그렇게 당당한 것이 너무 싫었다. 잘못했다고 빌기라도 했다면, 벌어진 사건을 기정사실로 받아들였을지도 모른다. 나는 그녀의 당당함이 책임을 부인하고 자신이 잃어야 할 재산과 아들에 대한 권리 등을 포기하지 않기 위함이라고 지레짐작했다. 나의 편협함은 당당한 그녀의 콧대를 꺾어버리고 싶게 했다. 그리고 우리는 그렇게 상처만 남은 채 이혼했다.

이혼을 통해서 내가 얻은 것은 무엇일까? 앞으로 만날 새로운 사람과는 그런 일을 만들지 않을 수 있을까? 아내의 일탈에 내가 원인을 제공했을지도 모른다는 생각이 새로운 여자를 만날 때마다 나를 주저하게 만든다. 어떤 이들은 이혼을 하면서 앞으로 다시 결혼하면 더 잘 살 수 있는 교훈을 얻는다고도 하던데, 나는 여전히 모호하기만 하다.

나는 아내를 이런 여자로 기억하고 있다.

"난 보이는 대로 여자예요, 여자. 내게 어떻게 느껴라, 어떻게 행동하라 하지 마세요. 그럼 나도 그런 요구를 당신께 하지 않을게요. 가정도, 추측도 마시고 인간 대 인간으로서의 느낌을 진부한 미사여구로 대신하지 마세요. 난 여자, 당신은 남자. 늘 알던 사실이에요. 날 사랑하시거든 그냥 그렇다고 얘기를 해주세요. 날 마치 적인 것처럼 대하지 마시고. 나는 당신 편이에요. 항상 그래왔어요. 우리는 견뎌 왔어요. 어쩜 우리는 이 세상에 무언가를 해 보일 수 있는지도 모르잖아요."

– 비비카 린포즈 《나는 여자》의 후랜의 독백 – '103개의 모놀로그' 중에서

아내의 소장 도서에 담긴 연극 대사이다. 그녀는 저 대사에 딱 어울리는 여자였다. 자신의 삶에서 주인으로 살았다. 자신의 욕망에 솔직했고, 행동에 옮김에 있어 주저함은 있었으나, 후회는 없었다. 그런 멋진 그녀에게 오늘만큼은 당시 내 행동의 쪼잔함을 사과하고 싶다. 그리고 그녀의 삶에 행복이 깃들기를 빌어본다.

"잘 살아라. 행복해라."

09 나를 부러워하는 친구들에게

오랜만에 입사 동기들을 만났다. 신입사원 시절, 연수원으로 들어가는 버스 맨 뒷자리에 함께 앉은 인연으로 절친이 된 두 명의 동기들. 젊은 시절의 고민과 즐거움을 함께했고, 각자 방황했던 청춘 시절을 옆에서 지켜본 친구들이다. 아마도 그런 면에서는 대학 동기들보다 더 많이 알고, 더 자주 만난 친구들이라 할 수 있다.

이들과 마지막으로 여행을 갔던 날이 기억난다. 부부동반으로 스키장을 가기로 했었다. 그런데 갑자기 아내가 일이 생겨서 못 간다고 했다. 나는 두 친구 부부(당시 이들은 아이가 없었다)와 아들을 데리고 다녀왔다. 이미 아내와 나 사이에는 묘한 기류가 흐르고 있었던 상태라, 아내의 갑작스런 불참 통보에 신경이 많이 쓰였지만 스키장에서는 그런 척하지 않으려고 노력했다.

그때로부터 15년 이상의 시간이 지났다. 총각 시절엔 한 달에 몇 번씩 만나기도 했고, 각자 결혼한 뒤에도 매년 한두 번 정도는 만나 술잔을 기울였다. 하지만 부부동반 모임은 더 이상 이루어지지 않았다. 만약 내가 이혼하지 않았다면 어땠을까, 하고 상상해보곤 한다. 우리도 다른 친구들이 하는 것처럼 1년에 한 번쯤은 가족동반으로 여행도 가고, 집안 대소사에 참여해 아이들끼리 친하게 만들고 하는 모습으로 살아가고 있지 않을까?

꽤 긴 세월을 만나다 보니 각자의 스타일을 잘 알고, 허점이 무엇인지도 잘 안다. 술잔을 앞에 놓고 이야기를 나누다 보면 옛이야기가 흘러나온다. 셋이 함께 가지고 있는 추억도 있지만, 재미있게도 세 명 중 두 명끼리 가지고 있는 추억도 만만치 않게 많다. 셋이 함께 미팅을 나가기도 했고, 둘씩 미팅에 나가 파트너들과 함께 근교로 놀러간 추억도 있다. 서로 상대방의 파트너가 괜찮다며 마음을 떠보던 기억도 있다. 하지만 이제 각자의 가정을 꾸리고, 그 삶의 무게 속에서 허덕이는 모습을 보면, 치기어린 시절의 무모함이 무척 그리워진다.

요즘 만나서 나누는 대화는 대부분 회사 아니면 아이들 이야기다. 나만 회사를 몇 차례 옮겼고, 이제는 그룹 계열사라는 공통점은 있지만 두 친구와는 다른 회사다. 두 친구는 23년째 같은 회사에서 근무하고 있다.

– 요즘 너희 회사는 어떠냐?

– 말도 마라. 요즘 우리 회사 난리야. 20년 이상 근무했던 부장들 1,000명이나 권고사직 시킨다잖아.

– 아! 그 소식 신문에서 봤어. 설마 그렇게 많이 줄일 수가 있냐?

– 공공사업 없어지면서 유휴인력이 엄청나게 생겼지. 게다가 해외에서 하

던 일들도 매번 펑크 나고 말이지.

– 옛날에 잘 나가던 그 명성 다 어디 가고?

– 좋은 시절이 있었지. 요즘은 IT 쪽 일이 예전 같지가 않아. 그냥 '노가다'처럼 되어버렸어. 그런데도 회사는 새로운 변화를 만들기보다는 마른 수건 짜듯이 직원들 쪼아대기에 바빠.

이젠 더 이상 내가 같은 회사 소속이 아님을 다행으로 여겨야 하는 수준이었다. 화제를 재빨리 가정 문제로 바꾸었다. 우연찮게도 우리 셋은 다들 아들뿐이다. 한 녀석이 아들 쌍둥이라는 것만 다를 뿐.

– 아이들 잘 크지? 제수씨들도 잘 지내고?

– 뭐 다 똑같지. 와이프는 만날 바가지 긁고, 아들은 뭐 하고 지내는지 잘 몰라.

– 야, 아빠가 아들한테 신경 써야지. 그렇게 아들하고 지내다 보면 나중에 아빠랑 이야기도 잘 안 하게 돼.

– 누가 모르냐? 하지만 집에 가봐야 아이들은 학원 가 있고, 나도 만날 늦게 들어가니 차분하게 이야기할 일도 없고.

– 우리나라 남자들 다들 힘들구나.

– 그러니 너는 복 받은 거야. 아들녀석이 학원도 안 다니면서 학교 잘 다니지, 바가지 긁는 와이프 없어서 연애도 하지, 경제적으로도 네가 제일 여유가 있잖아.

– 뭐냐 이런 이상한 시추에이션은? 나보고 술 사라는 거냐? 야, 홀아비 생활이 얼마나 힘든지 니들이 알아?

– 야, 요즘 와이프랑 오손도손 사는 친구들 없다. 너도 그냥 계속 싱글로 살아. 네 인생 즐기면서 말이야.

이 두 명의 친구와 만나면 이상하게도 기분이 좋다. 오늘 술값은 내가 냈다. 술만 마시면 꼭 노래방을 가야 하는 친구 녀석을 겨우 달래 집으로 보내고, 다음을 기약하며 헤어졌다. 집으로 돌아오며 생각에 잠겼다. 과연 내가 살고 있는 삶이 저 친구들이 부러워할 만한 것인가. 나는 비정상적인 생활을 즐기고 있고, 그 안에서 행복을 느끼고 있는 건 아닌가. 조금 바둥대며 살더라도, 이야기를 나누고 위로해줄 와이프가 절실한데 말이다.

– 친구들아! 너희 가족이 고민하며 사는 모습이 나는 너무나 부럽구나. 너희들이 살고 있는 그 모습이 내가 그리던 가정의 모습이었다는 걸 이제야 깨닫는구나. 있을 때 잘 해!

슬퍼 대디? 슈퍼 대디!

돌싱일기 남자편

제2부

프렌디
까칠한 아들과 친구 되기

10
아들은 커서 무엇이 될꼬

고등학생이 된 아들은 첫 번째 모의고사를 보고 나더니 '이제는 공부를 열심히 하겠다'고 했다. 속된 말로 웬열? 부모가 가장 듣고 싶은 말을 아들이 나에게 하고 있다니, 갑작스런 아들의 변화가 신기해서 물었다.

– 아들, 갑자기 웬 공부를 열심히 하겠다는 거야?
– 그냥요.
– 뭐, 그냥? 뭔가 새롭게 결심한 게 있는 건 아니고?
– 그동안 적당히 놀면서 다녔으니 고등학교부터는 공부를 좀 해야겠어요.

이렇게 '단순한' 이유로 아들은 스스로 공부하는 길을 택했다. 나중에 알게 된 사실은, 처음으로 본 모의고사의 수학과 과학 등급에 충격을 받아서였다. 어떻게 공부할 거냐고 물었더니 학원이나 과외는 싫다고 했다. 학교에서 야간자율학습을 하고, 학교에서 시행하는 방과후수업 중 필요하다는 것 몇 개를 신청해서 들었다. 처음에는 반신반의하며 그냥 기특하다는 수준으로 바라봤다. 그런데 중간고사 시험 결과, 놀랍게도 학급 최상위권의 성적을 받았다. 특목고나 자사고가 아닌 일반고였지만, 여전히 집 근처에서는 꽤 괜찮다는 남자고등학교이고, 나의 모교이기도 했다. 이렇게 아들은 마음먹고 공부를 시작하면서 결과를 보여주기 시작했다.

내가 아들에게 바랐던 것은 그저 자신이 좋아하는 것을 잘 찾아서 열심히 하며 사는 것이었다. 그래서 아들이 좋아하는 것이라면 무엇이든 간섭하지 않겠다는 다짐을 수십 차례 되뇌곤 했다. 그런데 성적을 상위권으로 끌어올리는 아들을 보니 조금 욕심이 나기 시작했다. 남들이 부러워하는 일류대학에 갈 수도 있을 것 같고, 좋은 과에 합격해서 버젓이 자랑도 할 수 있을 것 같은 희망이랄까. 하지만 그것은 내 머릿속에서만 스쳐가는 생각일 뿐이었다. 나는 아들에게 자신의 미래를 맡기고 싶었다. 내가 간섭하는 미래가 아니라 스스로 만들어가는 미래 말이다.

아들은 여느 아이들과 다를 바 없이 꿈이 조금씩 바뀌어 왔다. 초등학교 시절에는 프로게이머였고, 중학생 때는 축구선수가 꿈이었다. 유소년축구단에 들어가겠다고 여러 차례 요청하기도 했다. 하지만 아들의 성장 상태와 체력을 고려해서 적극적으로 그 요청에 대응해주진 않았다. 결국 아들은 교내 축구클럽에 가입했고, 그곳에서 열심히 활동하다가 자신이 축구선수로는 부족함이 있다는 결론을 내리고 취미로 바꾸었다.

게임도 축구도 사라져버린 아들의 미래에 무엇이 새롭게 생겼을까? 아들에겐 다양한 재능이 존재하고 있다. 학교에서 개최한 캐리커처 대회에서 선생님 한 분의 사진을 보며 쓱싹쓱싹 그럴 듯한 작품을 만들어 은상을 수상하기도 했다. 이런 재능은 우리 집안에는 없는 것인데, 아들의 외할아버지가 학창시절 화투를 그림으로 그려서 친구들과 놀았다는 이야기가 사실이었나 보다.

아들에겐 타고난 미술적 재능이 있다. 미술 재능 외에도 어지간한 것은 그럭저럭 성과를 내는 편이다. 나는 아들에게 그런 점에 대해 우려를 표한 적이 있었다.

– 아들, 넌 이것저것 재능이 많아서 큰일이다.

– 왜요?

– 무언가 한두 가지에 확실한 재능이 있으면 그것만 하면서 미래를 꿈꾸면 될 텐데, 이것저것 조금씩 잘하니 뭘 선택해서 집중하는 것이 좋은지 판단하기가 어려워. 게다가 너도 스스로 제일 좋아하고 잘하는 게 무언지 판단하기 어렵잖니.

– 그렇긴 한데, 잘하는 게 없는 것보다는 좋은 거 아니에요?

– 맞아. 다재다능은 복이지. 하지만 우리의 삶은 모든 것을 다 하면서 살 수는 없거든. 네가 잘할 수 있는 여러 개 중에서 정말 도전해보고 싶은 것을 찾고 나면, 나머지 것들은 취미처럼 시간을 안배하며 즐기면서 살 수 있기를 바란다. 알겠지?

– ……….

아들녀석에게는 나의 말이 그저 기우처럼 느껴졌을 수 있다. 하지만 나의 조언은 꽤 오랫동안 사회생활을 하면서 나를 비롯한 주위의 많은 경우를 통해 얻어낸 결론이다. 재능이 많다는 것은 큰 축복이기도 하지만 한편으로는 양날의 검과 같은 시련이기도 하다. 마음만 먹으면 잘할 수 있다는 자신감은 시간이 흐를수록 만용이 되거나, 또는 뚜렷한 성과를 내지 못하고 좌절하는 원인이 되기도 한다. 왜냐하면 시간은 모든 사람에게 공평하고, 대부분의 역량은 투입된 시간에 비례하고, 그 효율성은 아주 큰 차이가 나지 않기 때문이다.

그런데 매우 우수했던 아들의 성적이 점차 떨어지기 시작했다. 나는 그게 무엇 때문인지를 몰랐다. 1학년 때는 천문학에 관심을 가지고 열심히 하고 있었는데, 어느 날 물어봤더니 특별히 관심 가는 게 없다는 것이다. 그래서 공부를 하는 이유도 잘 모르겠다는 것이다. 아뿔싸, 이거였구나. '엄마들처럼 꾸준히 관심 갖고 옆에서 관리해주지 않으면 이렇게 되는구나' 하는 후회가 생겼다. 하지만 그 후회마저도 나는 표현하지 않았다. 내가 바라는 것은 무엇이 되었든 아들이 스스로 미래를 디자인해 나가는 것이었으니까.

그러던 아들이 고2 겨울방학 때 갑자기 미술을 하고 싶다고 했다. 이미 실기가 없이도 갈 수 있는 현 입시제도에 대해 충분히 알아봤고, 선생님과 상의해서 차근차근 준비하겠다고 했다. 나의 대답은 당연히 '예스'였다. 나는 내가 무엇을 하고 싶은지 몰랐기 때문에 성적과 트렌드에 맞춰 전공을 택했고, 전공 과정에 대한 흥미가 결국 끝까지 이어지지 않았다. 다행히도 그때는 대학 '전공'이 아니라 졸업장을 가진 자에게 기회를 줄 수 있는 시대였다. 하지만 이제는 그런 시대가 아니다. 따라서 막연히 명문대 졸업이 주는 의미는 점차 쇠퇴할 것이 틀림없다.

나는 아들이 자신이 원하는 것을 찾고, 그것을 이루기 위해 직접 행동하는 것에 감사하고 기특할 따름이다. 조금은 건방진 듯한 자신감에 대해서도 인정한다. 그것은 그 녀석 삶의 한 과정이고, 아들은 그 결과에 좌절하고 승복하고 또는 이겨내면서 자신의 삶을 만들어 나갈 테니까. 대범한 아들의 생각이 중년의 아빠에게도 귀감이 된다. 아들로부터 배우는 인생의 새로운 교훈은 '아직도 우리에겐 꿈과 희망이 있다'는 사실이다.

11
아들은 아빠가 키워라

주말에 부모님과 함께 가볍게 점심식사를 하기 위해 동생에게 전화를 했다. 그런데 동생이 난색을 표한다. 조카녀석이 학원에 가야 한다는 것이다. 그러면 저녁 시간은 어떠냐고 했더니 저녁에도 가는 학원이 있다는 거다. 나는 아들과 학원교육은 받지 않는 것으로 약속한 상태라 이런 상황에 맞닥뜨리면 당황스럽다. 아이가 하루 정도 조부모와 식사를 하기 위해 시간 내는 것도 학원교육 때문에 힘든 상황이라니. 물론 학원도 학업의 일부이니 무조건 빠질 수는 없다손 치더라도 말이다. 게다가 조카는 이제 고1일 뿐인데…….

나는 평소 동생이 조카의 교육이나 학업에 크게 신경 쓰지 못하고 주로 제수씨에게 일임하는 것에 불만이 많았다. 나는 돌싱 아빠로서 부모님께 의지하는 부분도 없지는 않지만 아들의 시험이나 학업 등에 대해 직접 관심을 쏟아야 마음이 편하다. 물론 동생과 내가 처한 상황은 다르지만, 내 친구들 경우를 봐도 아빠가 자녀들, 특히 아들에게 관심을 쏟지 않는 요즘의 현상은 낯설기만 하다.

일전에 친한 동기와 술을 한잔하면서 자녀교육에 대해서 이야기를 나눈 적이 있다. 입사 동기로 만나 우정을 나눴으니 벌써 20년이 다 되어 가는 친구다. 와이프도 같은 회사를 다녔기에 가족상황도 잘 알고 있는 편이다. 둘 다 아들 하나씩만 있다 보니 묘한 동질감을 느낄 때가 있다. 친구에게 아들과 어떻게 시간을 보내느냐고 물어보았다.

– 너는 평일 저녁이나 주말에 아들이랑 뭐하냐?

– 글쎄, 평일은 만날 늦으니까 얼굴이나 보면 다행이고, 주말엔 어쩌다 영화나 같이 볼 정도지.

– 자전거 타고 어디 같이 다니거나 안 해?

– 피곤한데 자전거 탈 시간이 있냐? 적당히 와이프가 데리고 미술관 다니고 그래. 학원도 다녀야 되고 그래서 나랑 놀 시간이 없어.

– 야! 네 아들 중1인데 뭘 벌써 학원에 다니냐?

– 그러게. 그냥 놀게 두면 나중에 알아서 할 텐데, 와이프가 자꾸 공부해야 한다고 하니 할 말이 없어.

– 아버지인 네가 아들 키우는 방법에 의견을 내야지!

– 야! 내가 평소 하는 게 있어야 뭘 주장하지. 아들 교육은 그냥 와이프 하자는 대로 해야 돼. 내가 이야기해봐야 말발이 안 먹혀.

이것이 현재 대한민국 교육 현실이 아닌가 싶다. 이렇듯 아버지가 자녀교육에서 차츰 방관자가 되어 가는 것이 자녀들에게 과연 좋은 영향으로 남을 것인가, 고민해볼 필요가 있다.

이탈리아 심리학자인 루이지 조야는 《아버지란 무엇인가》라는 책을 통해 현대에 들어서면서 아버지의 존재적 가치가 과거와 확연히 달라지고 있다고 말한다. 그 이유 중 하나가 전통적인 산업이 몰락함으로 인해 아버지와 자식 간의 삶의 연결고리가 끊어진 것, 아버지가 가져온 경제적 풍요로움의 반대급부로 가족과 함께하는 시간이 줄어드는 것, 맞벌이 가정의 증가로 아버지의 절대적 권위가 약해지는 것, 그리고 이혼 및 사생아 출산으로 인한 아버지 없는 가정의 증가 등을 들고 있다.

이런 부성의 가치 변화는 세계적인 트렌드이며 대한민국 아버지의 위상도 비슷한 추세를 보이고 있다. 다만 그 가치의 변화가 아버지가 가지고 있는 근본적인 역할마저 변화시킬 정도인지는 생각해봐야 한다.

아직까지 우리 사회에서 아버지의 역할은 대단히 중요하다. 가족의 생계를 책임지는 역할도, 가정의 대소사를 결정하는 위상도, 아버지라는 명칭이 가지고 있는 존재감도 여전히 중요하다. 그럼에도 불구하고 자식 교육에 관해서 아버지의 존재가 점점 이방인과 같은 존재로 변하고 있다는 것은 부인하기 어렵다. 같이 살지 않고 타국으로 유학간 자녀의 학비만을 지원하는 '기러기 아빠'를 비롯해서, 아이들의 대입을 위해 필수 조건 중의 하나가 '아빠의 무관심'이라는 우스갯소리까지, 아이들의 교육에 대한 주체가 어머니로 변한 것은 꽤 오래 전부터 진행형이다. 과연 현재 시점의 대한민국에서 자녀교육에 대한 아버지의 가치는 그만큼 불필요하게 된 것일까? 단순한 이 질문에는 모두들 아니라고 대답하지는 않을 것이다.

슬퍼 대디?
슈퍼 대디!

나는 10여 년 전 아내와 이혼을 결심할 때, 아들의 양육과 친권을 책임지기로 했다. 책임졌다기보다 나의 당연한 권리였고, 아내에게는 그럴 자격이 없다고 생각했다. 당시 네 살이었던 아들에게는 따로 묻지 않았다. 주변 사람들은 아이가 어리니 엄마 쪽에서 키우는 것이 낫다는 조언을 하기도 했다. 하지만 나는 아들 양육은 내가 더 적임자이고 더 잘 키울 수 있다는 오기가 있었다.

한부모 가정의 아이로 자란다는 것, 본인의 의지와 전혀 상관없는 상황에 처한다는 것이 어떤 느낌일지, 나로서는 절대로 알 수 없었다. 그렇지만 아들이 처하게 된 상황을 어떤 방법을 써서라도 극복해주고 싶었다. 같이 살며 매일 싸우는 부모보다는, 헤어졌지만 아이에 대한 사랑을 간직한 부모가 더 낫다고 믿었다.

그런 초심과는 달리 나는 사회적 활동, 개인적 욕구 등으로 양육자로서 역할을 잘 수행하지 못했다. 초등학교 6학년인 아들이 우울증에 걸렸다는 걸 알게 된 것은 내게 아버지의 역할을 다시금 뒤돌아보게 하는 계기가 되었다. 꾸준한 대화와 관찰을 통해 아들을 파악했다. 내가 가장 관심을 가진 것은 삶에 대한 아들의 관점이었다. 부모의 이혼이라는 사건이 자칫 아들의 가치관과 미래에 악영향을 주지 않을지 고민스러웠다.

나는 아들이 한 번뿐인 삶을 즐겁게 살아가길 원했다. 못난 아빠의 긍정적인 사고방식이 아들에게도 이어지길 바랐다. 나만의 방식이지만, 현재 상황에 맞추어 아들을 긍정적인 아이로 키우고 싶었다. 그 방식의 근본은 본인이 원하는 삶을 스스로 선택해서 사는 것이었다. 나는 아들이 자기 삶의 방향을 정하고, 그 길을 스스로 찾도록 거들 뿐이었다. 내가 원하는 그 어떤 목표도 강요하지 않을 생각이었다. 아들을 지켜보는 과정에서 원칙을 항상 지키진 못했지만 변하지는 않았다.

내가 느꼈던 것을 대한민국 다른 아빠들도 함께 느꼈으면 한다. 내 경험과 견해가 유일한 정답이라고 할 수는 없지만, 팍팍한 현실에 지친 아버지라 할지라도 아들에게만큼은 관심을 가져야 한다. 아들과 직접 소통할 수밖에 없는 싱글 대디라면 어쩌겠는가. 본인이 할 수밖에 없다. 엄마 혼자만으로는 성장하는 아들을 이해하기 어렵다. 아빠가 아들 교육의 동반자로 나설 때 아들의 미래는 바뀐다. 더 이상 방관자가 아니라 아들과 적극적으로 소통하는 아빠들이 많아야 대한민국의 미래가 밝다.

12
이번 설엔 아들과 여행 갑니다

■ 설날 연휴였다. 설날이라 해봐야 예전과는 너무 다른 풍경이다. 과거에는 아들 삼형제와 작은아버지 두 분 가족들이 모두 참석했다. 사정상 아무리 적게 모여도 20명은 되었던 그런 명절이었다. 하지만 이제 작은아버지들은 각자의 댁에서 손자, 손녀들과 설 연휴를 보내신다. 우린 아버지, 어머니와 동생 가족만 모인다. 미국에 살고 있는 막내 가족은 시간 맞춰 전화를 걸어준다. 그러다 보니 모이는 가족은 10명을 넘지 않는다. 아버지가 몇 해 전부터 제사 형식을 없애고 추도예배로 바꾸신 다음부턴 준비도 간소해졌다. 세배를 하고, 세뱃돈 주는 행사만 없다면 평상시 가족끼리 모여 밥 한 끼 먹는 것과 다를 바 없다.

이혼 후 첫 설날처럼 어색했던 날이 있었던가? 가족들이 새해를 기뻐하며 맛난 음식을 먹고, 아이들에게 세뱃돈과 덕담을 건네는 그 시간. 내 인생에 아무런 일도 없었다는 듯 멀쩡한 척 연기를 하고 있었지만, 내 눈은 계속 아들의 모습을 좇고 있었다. 나 자신은 패배감에 휩싸였었다. 패배자란 심정은 다른 새해가 다가올 때마다 조금씩 사라졌지만, 여전히 설날 가족 모임에서 나는 소외감을 느꼈다. 설 연휴만 되면 조용히 혼자 쉬고 싶었다. 하지만 큰아들인 내가, 내 심사가 불편하다는 핑계로 참석을 하지 않는 것은 어려운 일이었다. 더군다나 가족 모임을 피하면 아들에게도 좋지 않은 영향을 줄 것이라는 걱정도 있었다.

이혼 전 설날의 부산함이 가끔 그립기도 했다. 아내가 힘들게 명절 음식 준비를 하는 동안 아들을 돌보며 도와줄 게 없는지 기웃거렸던 신혼 시절도 기억난다. 명절 당일 고생하는 아내를 보며, 오후 설거지는 남자들이 하자며 솔선수범했던 적도 있었다.

당시 명절은 나 또한 한 명의 참가자였고, 명절을 치러내는 선수였다. 하지만 이혼 후 몇 년 동안은 코트 안에서 뛰는 선수가 아니라 출전할 가능성이 아예 없는 후보 선수처럼 벤치에만 앉아 있었다. 이젠 작은 규모의 행사가 되어버려 딱히 할 일도 많지 않았지만, 나는 한 번쯤 설날에서 멀어져 보고 싶었다. 가족이라는 테두리를 벗어나 기나긴 설 연휴를 즐기고 싶었다. 어쩌면 이런 내 마음은 대한민국 '며느리들'이 모두 갖는 공통된 마음일 텐데, 며느리도 아닌 내게 유사한 마음이 생긴 것이다. 해마다 설 연휴를 이용해 아들과 여행을 즐겨보겠다는 생각을 갖고만 있었다. 그러다 이번에 큰맘 먹고 부모님께 의견을 구했다.

– 아버지, 이번 설엔 저랑 건민이랑 어디 좀 가고 싶네요.

슬퍼 대디?
슈퍼 대디!

– 어 그래? 어디로?

– 예, 가까운 일본이라도요.

– 연휴가 그렇게 긴가?

– 아뇨 그런 건 아닌데, 설날 하루 전에 출발해서 하루만 연차 내면 3박 4일 정도 다녀올 수 있을 것 같아요.

– 설날이면 동생네도 오고 오후엔 친척들 중에 방문하시는 분들도 있는데 꼭 그때 가야 되겠니?

– 예, 그건 잘 아는데요……. 이번엔 한 번쯤 아이와 둘이 보내고 싶네요.

– 네 생각이 그렇다면 그렇게 해라. 동생네 연락 미리 해서 설날에 없다고 이야기하고.

– 예, 알겠습니다. 아버지, 죄송합니다.

– 아니다. 한 번쯤 그렇게 해보는 것도 나쁠 건 없겠지.

의외로 선선히 허락해주신 아버지 덕분에 여행 갈 기회를 얻었다. 젊은 여자들이나 간다는 설 연휴 해외여행을 말이다. 그런데 의외의 복병은 부모님이 아니라 아들이었다.

– 아들, 우리 이번 설 연휴에 해외여행 가자.

– 어디로요?

– 응, 일본 삿포로 어떨까? 눈도 많아서 좋고 농수산물이 풍부해서 먹을 게 진짜 많대.

– 그런데, 설날 제사는 안 지내요?

– 음, 그게 말이지. 한 번쯤은 빠져도 되지 않을까?

– 글쎄요, 가족모임인데……. 할머니, 할아버지께는 말씀 드리신 거예요?

– 그럼, 이미 말씀드려서 허락도 받았지.

– 알겠어요. 가긴 갈게요.

아들 마음도 그냥 나 같을 줄만 알았다. 설 연휴에 제사를 지내지 않고 여행을 가자고 하면 당연히 기뻐할 줄 알았다. 그런데 아들의 반응은 그저 시큰둥할 뿐이었다. 아빠랑 가는 어느 여행과 크게 다를 바 없는 것이다. 아들은 할아버지와 할머니 마음을 조금은 이해하고 있구나 하는 생각에 대견했다. 그래서 계획을 바꾸었다. 설 전날 출발하는 일정이 아니라 설날을 보내고 그 다음 날 일찍 출발하는 일정으로 바꾼 것이다. 휴가를 연휴 뒤로 내야 한다는 부담이 있었지만, 설날을 가족과 보내고 간다는 생각에 마음이 훨씬 편해졌다. 반대급부로 비행기 표는 더욱 비싸게 구해야만 했다. 나 같은 생각을 가진 사람이 어디 한둘이어야 말이다. 늦게 가는 자가 치러야 할 추가비용이라고 생각하니 마음은 편했다.

어설프게 여행 준비를 하고 공항으로 나가보니 해외여행은 설날이 대목이라는 말이 실감난다. 어디서들 왔는지 공항 대합실엔 여행객들이 가득했다. 공항의 부산함이야 조금만 기다리면 해결되는 일이다. 담담하게 기다려 비행기에 올랐다. 이윽고 일본 삿포로의 어느 호텔에 도착했다.

우리와는 달리 새해 첫날을 신정으로 기념하는 나라라 이곳은 그냥 겨울철일 뿐이다. 눈이 많은 곳이라 거리가 눈으로 가득 덮여 있다. 그리고 이따금씩 눈발이 휘날린다. 이국적인 곳에서 설날을 보내는 것이 뭔가 특별할 줄 알았는데 그렇지 않다. 그동안의 해외여행과 다를 바가 없다. 몇 군데 내일 가야 할 곳에 대해 아들에게 간단히 이야기한 뒤 하루를 마무리했다.

우리는 평소 지내던 곳에서 벗어나면 새로워질 거라고 생각한다. 하지만 막상 벗어난 뒤에는 그곳 또한 원래 있던 곳과 다르지 않다는 것을 알게 된다. 일상이라는 것은 평범함을 의미하는 것이 아니라, 내가 존재하는 그곳에서 벌어지는 생활을 의미하는 것이다. 설 연휴, 가족과 보낼 수 있었다는 사실을 감사해야겠다. 그동안 내가 이질감을 느끼고 방관자처럼 있었던 것은 나의 자격지심이었다. 가족이 함께하는 공간에 있었기에 그나마 덜 외롭고 덜 힘들었던 것이다. 나에게 부족했던 사랑을 나의 일가족이 채워주었던 것이다.

아마 내년부터는 설날에 여행을 가고 싶지 않을 것이다. 설 연휴에는 되도록 가족과 보내는 시간을 더 갖자. 1년에 며칠 만나지도 못하는데, 하루라도 충실히 시간을 보내는 것이 가장 소중한 것임을 깨닫는다. 삿포로에 눈이 이렇게 많은 것을 깨달은 것은 덤이다.

13
사교육이 필요 없는 이유

■ 아들의 중간고사 기간이다. 나에겐 '라마단' 시기와 유사하다. 아들이 고등학생이 되면서 조금 나아지긴 했지만, 초등학교에서 중학교 때까지 아들의 시험기간에는 '약속 금지' 및 '칼퇴근' 원칙을 지켰다. 아빠라 그런지는 몰라도 나는 아들의 시험공부와 결과에 조금은 관대했다. 평상시 공부에 그리 많은 시간을 쏟지 않는 아들을 딱히 지적하지 않았다. 물론 전혀 안 했다고 말하기는 어렵지만.

중학교에 다닐 때의 어느 날, 수학 성적이 100점의 절반에도 미치지 못한 것을 보고 깜짝 놀란 적이 있었다. 이렇게 수학 점수가 낮은 것이 과연 아들이 공부를 안 해서일까, 내가 신경을 안 써서일까, 고민하기도 했다.

나는 아이들의 사교육을 절대적으로 반대하는 입장이다. 자신이 원하는 것이 아니면 시킬 필요가 없다고 생각한다. 대한민국의 많은 엄마들은 반대하겠지만, 나는 이 방법에 대해 후회할 일은 없었다.

아들이 초등학교 시절, 나는 돌싱 아빠로서 어지간한 교육은 다 시켜야 한다고 생각했다. 누나의 도움을 받아 아들을 합기도장에 보냈고, 피아노 학원에도 보냈다. 다들 조기 영어교육을 외치는 북새통에 아들만 어설픈 A, B, C 깨치기를 해서는 안 되겠다 싶어 꽤 수준 있는 영어학원에도 보냈다. 그리고 시간에 맞춰 학원을 가는 것은 미래에 아들이 맞닥뜨릴 강도 높은 입시에 대비하는 훈련이 될 거라고 생각했다. 혼자서는 하지 못할 2~3시간 학원 학습이 장시간 공부에 집중해야 하는 아들이 이겨내야 할 훈련이라고 여겼다.

하지만 그런 빡빡한 생활은 아들에게 좋은 영향을 주지 못했다. 아들은 아빠가 신나게 놀러다닐 동안 외로움에 힘들어했고, 그것이 우울증으로 나타났다. 나는 큰 충격을 받았고, 반성했다. 그리고 아들에게 아들이 원하는 삶을 살게 하고 싶었다. 일체의 제약조건 없이 자유롭게 살게 하려 했다. 나도 저녁 약속을 최대한 줄이고 시간을 함께 보내려고 노력했다. 그 조치 중 하나가 당시 다니던 학원에 대한 정리였다.

– 아들, 네가 하기 힘든 게 뭐야? 하기 싫은 게 있으면 하지 말자.

– 아빠! 학원 다니기 싫어요.

– 어 그랬어? 피아노랑 합기도는 잘 다녔잖아? 영어학원도 꾸준히 잘 나가고?

– 피아노학원은 원장님이 무섭고, 장소도 너무 어둡고 그래요. 합기도는 너무 오래 했고 이젠 더 이상 늘지 않아요. 영어학원은 그냥 힘들어요.

– 그래, 그럼 우선은 다 그만두자. 그리고 다시 다니고 싶을 때 다니자.

이런 식으로 학원을 정리하는 데는 5분이 채 걸리지 않았다. 너무도 쉽게 결정해버렸다. 엄마가 있는 집이라면 나처럼 단번에 자녀의 학원을 포기할 수 있을까? 아이들이 힘들다고 할 때 그것을 바로 받아들여 동조해주는 것이 잘하는 짓일까? 다른 아이들과 비교해서 교양과 체력과 학업이 떨어지면 어쩌지? 수많은 의문들이 생겼지만, 나는 아들의 의견에 바로 손을 들어주었다. 그 후부터 나는 되도록 아들을 지켜보되 간섭하지 않으려고 노력했다. 특히 학업 공부와 시험 성적에 관한 한.

아들은 자신만의 승부욕이 있는 편이었다. 평소에는 공부하겠다고 말만 하고 행동으로 옮기는 것에는 실패하는 편이지만, 시험 기간에는 늦게까지 시험범위를 공부하고 자려고 노력했다. 범위는 많고 시간은 없다 보니 공부하다 졸기도 하고, 결국 제대로 공부하지 못하고 참가하는 경우도 많았지만.

중학교 시절에도 벼락치기 습관은 변하지 않았다. 나는 아들의 중간고사 기간이 다가오면 약속을 조절하고 일찍 귀가하려고 노력했다. 나의 이른 귀가가 아들의 시험 성적에 결정적인 역할을 하진 않았지만 일찍 귀가해서 아들의 시험공부를 위해 해줄 것이 많았다. 특별히 교과 과정을 돌봐준다거나 따로 알려주지는 않았다. 다만 아들을 위해 한 가장 큰 일은 두 가지였다. 하나는 문제집 푼 것을 채점해주는 것이었고, 두 번째는 연필로 푼 문제 중 틀린 것을 다시 풀어볼 수 있도록 지워주는 것이었다. 추가로 다시 푼 것까지 채점해주는 것이 나의 주 임무였다.

나는 아들에게 효과적인 공부법을 알려주고 싶었다. 사실 진짜 공부는 시험 성적을 높이는 것이 목적이 아니다. 하지만 좋은 성적을 받는 것에 무관심할 수는 없어서 나름의 노하우를 아들에게 전달하고자 했다. 시험범위를 한 번 공부하고 문제를 풀면 공부한 것도 되새김할 수 있지만, 해당 분야의 내용으로 어떤 방식의 문제가 나오는지 알게 된다. 그렇게 해서 채점을 한 다음 틀렸던 것을 재차 공부하고 다시 풀어서 그것까지 맞으면 해당 시험범위에 대한 기본적인 이해는 되었다고 판단할 수 있다. 거기서 좀 더 어려운 응용문제를 푸는 것은 아들이 선택할 몫이라고 여겼다.

중학생 때부터는 단순히 채점만 해주는 것에서 벗어나 교과 내용에 대한 질문을 받기도 했다. 하지만 나도 더 이상은 예전 같지 않았다. 채점 이후 정답의 타당성을 설명하는 것이 점차 어려워졌다. 어느 날 수학을 필두로 거의 전 과목에 대해 아는 척할 만한 것이 없어졌다. 너무 어려워서 가르쳐 줄 능력이 안 되게 된 것이다.

나로서는 최선을 다했던 중학 시절이 지나고 알아서 공부하는 고등학생이 되면서 조금 편해진 느낌이었다. 아들은 고등학생이 되면서 갑작스러운 변화를 보였다. 학교에서 하는 방과후수업을 학습과 관련된 내용으로 스스로 정해 왔다. 그리고 방과후수업 이후 야간자율학습을 하기 시작했다. 물론 나의 조언이나 지시는 전혀 없이 스스로 결정한 것이었다.

나는 우선 지켜보자고 다짐했다. 스스로 공부해보겠다는 자극을 받은 듯하니 필요한 것은 격려뿐이었다. 아들은 조금씩 자신의 관심과 대입에 대한 생각을 이야기했다. 아들이 학교에서 들은 이야기들이 나에게 전달되었다. 그리고 스스로의 입으로 학원을 다녀보고 싶다는 이야기를 했다. 과목은 수학이었다. 왜 학원 수업을 받기를 원하느냐는 나의 질문에 대한 아들의 답변은 이랬다.

– 아빠! 수학을 잘하고 싶어. 그런데 내가 여러 가지 유형의 문제를 자주 풀어서 같은 유형의 문제가 나오면 쉽게 푸는 거 그런 방식은 별로야. 수학을 아주 잘 이해해서 전혀 새로운 형태의 문제가 나와도 쉽게 푸는 방법을 알아내는 수준이 되고 싶어.

– 아들! 만약 네가 그 정도 수준을 원한다면 학원은 답이 아니야. 아빠가 알기에 학원은 다양한 문제를 반복적으로 풀게 만들고 그걸 확인하는 방식으로 가르친다더라. 네가 원하는 것처럼 공부를 하려면 혼자 공부하다 궁금한 것, 안 풀리는 것을 질문하는 식으로 해야 해. 그렇다면 과외를 받는 것이 더 효과적일 거야. 어때, 과외를 시작해볼래?

우리의 결론은 조금 더 스스로 공부해보고 그래도 아쉬움이 있다면 그때 다시 대화하기로 했다. 나는 아들의 생각에 다소 놀랐다. 단순히 수학 성적을 높이겠다는 것이 아니라 근본적인 이해가 높아지길 원했다는 점이 신기했다. 학창시절에 나도 저런 생각을 가져본 적이 있었던가 하는 회상에 잠시 잠겼다. 아이가 스스로 자신의 학습 이유를 찾아가는 과정은 참으로 다양하구나 하는 생각이 들었다. 사교육을 시키기보다는 자율적인 학습을 유도한 것이 결코 틀린 방법이 아니라는 확신이 들기 시작했다.

한때 강남 최고의 스타 강사로 잘 나가던 이범 씨는 교육평론가로 변신했다. 현재 대한민국 학교 교육의 문제점을 고민하며, 그 대안을 제시하려고 노력하고 있다. 사교육의 첨단에 섰던 그의 경험이 지금의 그를 만든 것이다.

한국의 교육제도에 대한 비판의식을 갖고 있는 그는, 자신의 아이들이 여느 학생들과 다른 것은 아이들에게 '학원 거부권'이라는 자율적 권리를 준 것이라 말한다. '학원 거부권'이란 아이들이 싫어하는 학원은 안 가도 되는 권리이다. 이범 씨는 부모가 필요하다고 생각하는 교육이 있다면 아이들이 스스로 가고 싶은 마음이 들도록 '꼬시고 있다'고 말한다. 본인이 필요성을 느끼기 전까지는 아무리 좋은 학원교육도 무의미할 뿐이라는 의미인 듯싶다. 최고의 학원 강사였던 이범 씨는 학원이 반드시 필요한 학습기관이라고 생각하지 않고 있다. 그 이유에 대해 이범 씨는 공동 저자로 참여했던 책 《굿바이 사교육》에서 이렇게 말하고 있다.

"사교육에 길들여진 아이들에게는 게으르고 의존적인 학습 습관이 생긴다. 중학교 때 전 과목 과외를 시키는 것이야말로 아이를 망치는 지름길이다. 중학교는 공부기술을 터득하는 중요한 시기인데, 이 시기를 학원에 의존해 보내게 되면 자기주도적으로 학습을 계획하고 실행하는 능력을 잃어버리게 된다."

나는 아들이 학업 성적을 올리기 위해 학창시절을 보내기를 원하지 않는다. 미래의 꿈을 키워야 하는 시기에 해야 할 일 가운데 학과 공부는 극히 일부분에 지나지 않는다. 게다가 몇 년 동안 고생해서 좋은 대학에 진학한다고 해도 우리 아이들의 미래가 보장되는 것은 아니다. 자식들이 성공하는 삶을 살기 원하는 부모라면 진정으로 신경 써야 할 것은 긴 호흡으로 준비해야 할 일이다. 바로 스스로의 고민과 노력 끝에 당면 과제를 해결해 나갈 줄 아는 역량을 키워주는 것이다.

학생들의 당면과제는 자신이 좋아하고 잘할 수 있는 것이 무엇인지 탐색하고, 원하는 공부를 스스로 할 줄 아는 학습능력을 기르는 것이다. 이 부분에 대해서 특히 아빠의 역할이 중요하다고 생각한다. 자녀들의 교육에 다소 방관자였던 아빠들이 아이 교육의 대부분을 책임지는 엄마들에게 적정선을 지켜나갈 것을 설득해주었으면 한다.

나도 아들이 공부도 잘하고 아이들과도 잘 노는, 인정받는 우등생이 되면 좋겠다. 하지만 그 모든 것이 갖춰지길 바라는 것은 내 욕심이라는 것도 안다. 아이들은 부모 욕심으로 살아가는 존재가 아니다. 그들에게는 그들만의 인생이 있고, 그 책임은 자신에게 있다는 것을 빨리 알려줘야 한다. 내가 정말 원하는 것은 공부 잘하는 학생이 아니라 아이디어가 기발하고 그것을 행동으로 옮기는 것을 즐기는 학생이 되는 것이다. 부모는 아이들이 자신의 관심사를 찾아가는 동안 기본을 유지하고 지켜봐주는 역할로 충분하다.

나의 개똥철학에 기반해서 아들이 진정으로 본인이 좋아하는 것을 찾고 그 분야에서 자유롭게 습득하고 발전시켜 나갈 것을 믿고 있다.

14
아들의 스승을 만나다

■ 아들의 학교를 다녀왔다. 아들이 입학한 고등학교는 나의 모교이기도 하다. 택시를 타고 학교 정문까지 가려다 경사 높던 비탈길 언덕을 걸어보기 위해 조금 앞서 하차했다. 그리고 잠시 걸으며 과거의 기억을 떠올려본다.

아들이 초등학교를 다닐 때, 학교에서는 이런저런 이유로 부모를 오라고 했다. 상대적으로 그런 상황이 적은 서울 변두리 초등학교를 다녔음에도, 한 학기에 두세 번 이상은 가야 할 일이 생겼다. 처음에는 휴가를 내는 한이 있더라도 직접 가려고 했다. 하지만 막상 학교에 가면 엄마가 아닌 아빠가 왔다는 것에 당황하는 선생님들도 계셨고, 오신 분들이 모두 엄마들뿐이라 내가 불편해지는 경우도 있었다.

그럼에도 내가 아이의 학교에 꼭 가려고 노력했던 이유는 아이가 학교생활을 어떻게 하는지 궁금했기 때문이었다. 혹시라도 우울한 모습으로 하루 종일 있지는 않은지, 엄마와 같이 살지 않는다는 이유 때문에 교우관계가 원만하지 않거나 그 무섭다는 왕따를 당하고 있지는 않은지 확인하기 위함이었다. 또한 다른 엄마들은 자주 찾아가서 선생님과 코드를 맞추고 있을 텐데, 혹은 선물 등을 제공하며 자신의 자녀들을 잘 보살펴주길 부탁하고 있을 텐데 그런 모든 것에서 소외된 아들이 불이익을 당할 것도 걱정되었다. 그래서 담임선생님이 어떤 분인지 내 눈으로 확인하고 싶었다.

나는 선생님을 만나면 단도직입적으로 이렇게 말하곤 했다.

– 선생님, 이미 아시는지 모르겠지만 아이가 초등학교 다니기 이전에 우리 부부가 이혼을 해서 그 후론 저와 살고 있습니다.
– 아이가 집에서도 잘 적응하고 있지만 가끔은 얼굴 표정이 어두울 때도 있어요. 혹시 학교에선 어떤지 궁금합니다.
– 회사에 다니고는 있지만 아이 문제나 학교에 학부모가 참여해야 하는 부분이 있다면 언제라도 가능하니 연락 주세요.

초등학교 담임선생님들은 나의 이런 직설적인 이야기에 대해 대부분 이런 답변을 내놓곤 했다.

– 아무 걱정하실 거 없어요. 건민이는 학교 잘 다니고 있습니다.
– 조금 어둡게 보일 때도 있지만 괜찮아요. 친구들과 잘 어울립니다.
– 요즘 학급마다 건민이 말고도 한부모 가정 아이들이 있어요. 그 아이

들과 비교하면 건민이는 밝고 명랑해요.

이렇게 긍정적인 대답을 해주시는 분들이 많았다. 특히 아들의 2학년 담임이었던 박관수 선생님은 나의 우려를 쓸데없는 기우로 만들고, 오히려 이혼한 내 처지를 걱정해주기까지 했다.

– 아버님, 아무 걱정하지 마세요. 아이들은 생각보다 강하고 잘 큽니다. 건민이는 장점이 많은 아이입니다. 젊은 나이에 이혼한 아버지께서 어서 결혼을 생각하셔야죠.

그런데 아이가 초등학교에 다닐 때는 나의 학교 방문과 상관없이 아내가 담임선생님을 찾아오는 경우가 있었다. 여선생님 같은 경우는 아빠 혼자 키우는 아이에 대한 우려를 표명하시는 분도 있었다. 하지만 나는 이상하게 자신감이 넘쳤다. 아들을 키우는 것은 아빠인 내가 훨씬 더 나을 거라는 확신이 있었다. 나중에 아들이 우울증에 걸리고 나서야 자만했던 생각을 내려놓고 정말 아들과 함께한다는 것이 무엇인지를 알게 되었지만 말이다.

그렇게 해마다 한 번만 선생님을 찾아가는 나만의 원칙을 나는 아들이 고3이 되도록 지키고 있다. 물론 대단한 원칙이라고 생각해서 지켜 나가는 것은 아니다. 그냥 아들을 믿고 있기에 학교를 자주 갈 필요가 없다고 생각하는 것뿐. 다만 아들의 교육을 맡기는 부모 입장에서 선생님을 찾아 아들의 학교생활에 대해 듣고, 내가 알고 있는 아들의 가정생활을 말씀드리는 것이 선생님과 아들에게 도움이 될 거라 믿기에 한 번씩 찾아 뵙는 것이다.

중학교 때는 학업 성적이 그다지 높지 않아 꺼림칙하기도 했다. 아들이 좋아하는 축구와 게임에 대해 담임선생님께 이야기할 때는 한부모 가정 아이여서 학업 관리가 안 된다고 생각할 것만 같았다. 아들에 대한 변명을 늘어놓기도 그렇고 해서 담임선생님을 만나 뵙는 것이 부담스러웠다.

하지만 고등학생이 된 아들은 완전히 바뀌었다. 자신이 하겠다고 한 것을 실천하고 지키는 아이가 되어 있었다. 가족 행사에서는 별로 나서고 싶어 하지 않고, 조용한 편인데 어느새 학급 부회장도 자진해서 하는 자발적인 아이가 되었다. 담임선생님은 나에게 이렇게 말했다.

– 건민이가 친구들과 너무 친해서 걱정이에요. 건민이는 공부를 하려고 하는데 친구들이 계속 와서 놀자고 장난을 쳐요. 그러다 보면 건민이도 학업에 대해 소홀해지는 것 같고, 반 1등으로 들어왔는데 요즘 성적이 조금 떨어지고 있어서 안타깝습니다.

– 아들녀석이 워낙 스스로 알아서 하는 것을 좋아해서 저는 우선 지켜보고 있습니다. 집에서 열심히 하려고 하면서도 여러 유혹에 제어가 되지 않는 것 같아요. 저도 고등학교 때 공부만 열심히 하는 학생은 아니었습니다. 그래서 조금은 좌충우돌하면서, 친구들과 신나게 놀 줄 알고, 공부도 적당히 하는 아들이 그냥 마음에 들어요.

– 예, 아버님. 건민이 많이 격려해주세요. 다재다능해서 그게 문제예요. 잘하는 게 정말 많거든요. 아예 그런 재능이 없다면 공부만 열심히 하면 되는데, 미술도 잘하고 국어도 잘하고, 체육도 잘해서 아이들이 다들 좋아하고 인기가 많아요.

이런 대화를 마치고 집으로 돌아오는 나의 발걸음은 가볍기만 했다. 학교를 다녀오면서 생긴 것은 아들에 대한 믿음이었다. 이 아이가 내가 생각했던 것보다 훨씬 강하고 큰 아이구나. 내가 아이를 믿어주는 만큼 아이가 자신의 앞길도 잘 설계해 나가겠구나 하는 신뢰가 생겼다. 아주 오래전 초등학교 2학년 담임선생님께서 나에게 걱정 말라고 격려해주셨던 것이 현실이 되었다.

15
아들과 함께
제주도 자전거 여행

■ 아들이 중3 때 일이다. 나로서는 여섯 번째 제주도 자전거 여행이었다. 2006년에 우연히 시작하게 된 제주도 자전거 일주가 내 인생에서 가장 기억에 남는 여행으로 자리 잡았다. 그리고 최소한 1~2년에 한 번씩 주변 지인들과 2박 3일씩 제주도 해안도로를 달리며 멋진 풍광에 사로잡혔다. 이 기분과 경치를 아들에게 보여주고 싶었다. 하지만 제주도 자전거 도로는 더할 나위 없이 좋아 보이면서도 곳곳에서 차들과 나란히 달려야 할 때도 많았다. 가파른 오르막 난코스도 있고, 전체적으로 짧지 않은 거리를 달려야만 한다. 그래서 함께 가는 것을 한 해 미루고, 또 한 해 미루다 벌써 10년 가까운 시간이 지났다.

마침 중3인 아들은 고등학교 수능을 기점으로 '최후의 잉여시대'로 들어섰다고 말했다. 고등학교에 진학하면 더 이상 놀 수 없으니 앞으로 남은

슬퍼 대디?
슈퍼 대디!

3~4개월은 신나게 놀겠다는 뜻이었다. 조금은 어처구니가 없었다. 그때 불현듯 이번 기회에 아들에게 새로운 경험을 갖게 해야겠다는 생각이 떠올랐다. 수능 시험일과 연계해서 3일간 휴가 기간을 마련했고, 부랴부랴 비행기 표를 구했다.

제주도로 자전거를 타러 간다고 하면, 반드시 자전거는 어떻게 갖고 가느냐고 묻는다. 걱정할 것 전혀 없다. 자전거는 제주도 곳곳에서 다양하게 대여가 가능하다. 여러 대여점에서 자전거를 빌려서 타 보았는데, 대여 서비스 수준은 해가 다르게 향상되고 있다. 참으로 반가운 일이다.

급하게 결정했고, 추진했지만 몇 번의 경험이 있었던 덕에 큰 무리 없이 준비할 수 있었다. 사실상 2박 3일 제주도 여행이라면 큰 고민이 필요 없다. 어차피 자전거만 빌리면, 그 후로는 줄곧 달리는 것만이 문제니까. 그리고 중간중간 끼니를 해결할 먹거리 장소와 두 번의 밤을 보내야 하는 숙소만 대충 고르면 된다.

제주도를 해안도로 중심으로 한 바퀴 도는 길은 여러 가지 설이 있지만 대략 200킬로미터가 넘는다. 시속 20킬로로 달리면 10시간이면 끝난다고 간단하게 생각할 수도 있지만, 실제로 타 보면 이틀 만에 완주하기엔 체력이나 시간상 빠듯한 편이다. 밤 늦게 제주의 도로를 달리는 것은 제주도 전반의 가로등 인프라를 생각하면 추천할 만하지 않기 때문에 더욱 그렇다. 첫 자전거 여행 때 저녁 7시가 넘어 해안도로를 달려봤는데 조금 무서웠다. 바다도 그다지 아름다워 보이지 않는다. 아무리 달이 환히 비춰준다 해도 인적 없고 가로등 불빛 없는 바다는 거의 칠흑처럼 어둡기 때문이다.

아들은 어린 시절부터 자전거를 꾸준히 즐겨왔다. 친구들끼리 어울려 한강 자전거도로를 두어 시간씩 타는 게 보통이라 체력에 대한 걱정은 없었다. 그보다는 오랜 시간 자전거를 타면 찾아오는 엉덩이의 아픔이나 무릎 쪽의 부담을 잘 견뎌내는 것이 관건이다. 하루 6~7시간씩 타야 하기 때문에 바람을 가르는 즐거움만 있는 것이 아니라, 한 발 한 발 페달질을 하는 끈기도 필요하다. 아들이 끈기 있게 잘 견뎌낼 수 있을지 걱정이었고, 한편으로는 그런 끈기를 길러주는 것이 이 여행의 주요 목적이었다.

첫날은 순조로웠다. 미리 예약해놓은 자전거 대여점에서 프로모션 가격으로 좋은 MTB 두 대를 빌렸고, 바로 해안도로로 접어들어 달렸다. 날씨 운도 좋아서 사흘 동안 비와 함께 달리는 일도 없었다. 사실은 제주도를 찾을 때마다 비에 대한 걱정이 있었다. 비가 조금만 세게 내려도 자전거를 타는 상황은 급속도로 악화된다. 해안도로는 비바람이 세게 들이쳐서 체력 소모가 심하고, 도로 사정 자체가 위험을 배가시키는 상황으로 변하기에 모든 것이 조심스러울 수밖에 없다. 더군다나 중3 아들과 함께 타려니 이번만은 제발 비가 오지 않기를 두 손 모아 기원했다.

나는 제주도 해안을 달릴 때마다 경이로움과 충만함을 함께 느낀다. 회사와 사람 관계에서 빚어진 갖가지 잡생각을 싹 다 날려버릴 정도로 상쾌하다. 푸르른 바다와 하얀 포말이 넘치는 파도, 군데군데 모습을 드러내는 까만 현무암의 조화, 무엇보다도 드넓은 바다를 보면서 귀밑으로 바람이 스쳐 지나감을 느끼는 것은 한강을 따라 달릴 때와는 사뭇 다르다.

저녁 무렵, 원래 예정대로 산방산 부근 민박집까지 잘 도착했다. 올해는 꾸준히 자전거를 즐긴 탓인지 내 컨디션도 괜찮았다. 무엇보다 아들이 대견했다. 아빠에게 지지 않으려는 조금 괘씸하고 발칙한 경쟁심 때문인지 내 뒤에서 달리지 않고 늘 앞서 달렸다. 내 허벅지 엔진 역량으로도 쉽게 따라잡을 수 없을 정도로 오르막에서도 인내심을 보여주었다. 아들에게서 하나의 가능성을 보았다. 이젠 무슨 일이든 제가 다 알아서 할 것만 같은 대견함을.

둘째 날 여정은 표선과 남원, 성산으로 가는 길에 있는 해안도로를 두루 섭렵하는 코스였다. 내 눈에는 너무나도 경이롭게 보이는 바다 모습이 아들에게는 조금 지루해 보인다고 했다. 역시 경치를 느끼며 완상하는 경지에 이른다는 것은 세월이 필요함을 알았다. 이날은 제주 자전거 일주에서 가장 난코스인 안덕계곡이 포함돼 있다. 최소한 한 시간 이상 계속 오르막길을 올라야 한다. 이제는 내리막일까 싶은데도 여전히 오르막이 나오는 코스다. 이 코스마저 아들은 가뿐하게 넘어버렸다.

해안도로의 이름 모를 해녀의 집에서 먹은, 작은 꽃게로 만든다는 갱이죽은 피곤한 몸에 활력을 주었다. 맘껏 집어먹을 수 있는 귤은 후한 인심을 느끼게 했다. 하지만 모든 것이 순조롭진 않았다. 숙소로 예정된 성산 일출봉이 저 앞에 보이는 곳에서 내 자전거 바퀴가 펑크가 난 것이다. 그나마 숙소가 거의 보이는 지점에서 일이 생겨서 다행이었다. 숙소부터 잡고 성산 일출봉 내에 있다는 제휴 자전거점을 찾았지만 이미 문을 닫았고, 결국 제주시에 있는 자전거 대여점으로 연락하여 밤중에 비싼 출장비까지 지불하고 자전거 바퀴를 교체했다.

셋째 날은 정말 일사천리로 순조로웠다. 아들은 이제 이력이 난 듯 시종일관 앞서서 달렸고, 나도 잠을 푹 자고 체력을 보충한 덕에 오전 내내 잘 달렸다. 게다가 3일차 코스의 해안도로는 정말로 아름다웠다.

이렇게 사흘 간의 여행을 마치고, 그동안 다섯 번의 자전거 여행을 포함해서 몇 가지 깨달음을 얻었다. 내가 얻었던 깨달음을 아들에게 전달해주었다. 그랬더니 이 녀석, 대답이 참 간단했다.

– 다 알아.

이런 괘씸한 녀석 같으니라고! 아들이 이미 다 알고 있고, 나는 이제야 깨달은 그 위대한 사실을 짧게 정리해본다.

1. 오르막이 있으면 내리막이 있다.

인생과 마찬가지다. 제주도에는 애월 해안도로 쪽에서 상당 구간 오르막과 내리막을 경험하게 되고, 안덕계곡-서귀포 구간에서 여러 번의 고비를 맞이한다. 평소 자전거로 단련된 사람에게는 문제가 없지만, 조금이라도 체력관리를 게을리한 사람이라면 이곳에서 한 번쯤은 포기하고 싶은 마음을 경험한다. 오르막을 오를 때면 정말 힘들다. 자전거를 끌고 가면 된다는 분들도 있지만, 인생이란 이름의 자전거는 내 맘대로 내려서 끌고 갈 수 없을 때도 있다. 어떻게든 힘을 내서 오르막을 가야 한다. 그렇게 고생해서 오른 오르막 뒤엔 탄탄대로의 내리막길이 있기 때문이다. 속도도 즐기고 경치도 즐기고 지금껏 흘린 땀들을 씻어주는 시원한 바람도 불어준다. 벌어놓은 것으로 즐길 시간이 생긴 것이다. 제주도를 돌 때마다 오르막과 내리막이 반복되는 인생을 느낀다. 조금 다른 점은 제주도에선 내리막이 좋은 의미로 인식된다는 것이다.

2. 너무 멀리 보지 말고, 눈앞을 보고 달려라.

이틀째 오전쯤이 되면 1132번 국도를 계속 가야만 한다. 표선쯤 갈 때까지는 계속 국도변의 자전거도로로 오르락내리락 반복이다. 어느덧 지치고 힘이 든다. 쉬고 싶다는 생각이 절로 난다. 첫날은 체력으로 버텼다면 둘째 날은 정신력이 필요하다. 해마다 알게 모르게 체력이 떨어지면서 더욱 느끼게 되는 현상이다. 이럴 때는 바로 앞을 보고 가는 게 좋다. 저 멀리 보이는 능선 위는 너무나 멀게 느껴진다. 끝없이 긴 오르막길 앞에서는 모든 행동을 멈추고만 싶다. 하지만 바로 앞을 보며 달리면 그 비탈길도 그렇게 가파른 경사가 아니다. 눈으로 느낀 경사도와 한 발 한 발 밟아가는 경사도는 큰 차이가 있다. 그렇게 눈앞을 보며 가다 보면 어느새 정상에 도달해 있다.

우리들도 다 그렇지 않은가? 남들과 비교하면서 이미 저 높이 있는 사람들만 보고 가려면 나는 언제 저기에 도달할까 하는 불안과 짜증만 생긴다. 그 대신 내 앞에 주어진 하나하나를 열심히 헤쳐 나가다 보면 예전에는 불가능한 것처럼 보였던 자리에 자신이 위치하고 있음을 알게 되지 않는가.

3. 결국은 돌아온다.

제주시를 출발하면 여러 곳을 거쳐서 결국 다시 제주시로 돌아온다. 우리는 정처 없이 떠다니는 유목민이 아니다. 그런 삶을 살고자 하는 사람들도 있지만 대부분은 어딘가로 돌아온다. 나는 출처도 모르는 불경의 한 글귀를 좋아한다.

'길 위에 오르면 내가 가는 것이 아니라 길이 간다. 그렇게 길이 간다.'

굳이 내가 힘들게 뭔가 대처해 나가는 것이 아니다. 열심히 하다 보면 내가 원하는 곳으로 간다. 그리고 그 원하는 곳은, 그다지 큰 것이 아닐 수 있다. 사람들은 아무것도 없이 태어나서 아무것도 없이 죽는다.

나 자신에게만 의미를 부여하고 살면 죽을 때 후회한다. 결국 가져갈 수 있는 것이 아무것도 없기 때문이다. 남기고 가야 한다. 어디에 무엇을 남길 것인가? 자식에게 재산을 남길 것인가 아니면 사회에 나의 이름을 남길 것인가? 또는 이름을 남기지 않는다 하더라도 '이창영'이라는 사람이 살고 간 이 사회에 공헌할 기여를 남길 것인가. 나는 후세를 위한 기여를 남기고 싶다.

4. 동반자가 있는 삶은 즐겁다.

여행을 혼자 가는 것이 좋을까 여럿이 가는 것이 좋을까 선택하라면 나는 이젠 무조건 여럿이다. 혼자 가는 여행은 나누기가 어렵다. 현지 사람들과 어울리고 그들 삶을 그대로 얻어 오는 것도 여행이겠지만, 지인과 함께 가서 여행 전반에 걸쳐 서로 힘이 되고 위로받고 안전을 책임지는 여행이 좋다. 삶도 그러하다. 혼자 사는 삶보다는 누군가와 함께 동반하는 삶을 살고 싶다. 그것이 훨씬 가치 있고 즐겁다고 생각하기 때문이다.

16
아들에게 흥정을 배우다

■ 아들과 터키 여행을 왔다. 터키는 못 견딜 정도는 아니지만 확실히 덥다. 이스탄불에 도착하자마자 바로 국내선 비행기로 갈아타고 카파도키아로 온 지도 벌써 1주일이 지났다. 카파도키아의 독특한 경치는 매력적이었다. 그늘 하나 찾기 힘들 정도의 허허벌판에, 암석층의 성질 때문에 버섯 모양의 계층 구조로 나뉘어진 기이한 산과 암석을 보았다. 새벽 일찍 일어나 열기구 풍선을 타고 하늘을 오른 사람들을 바라보며 연신 사진기 셔터를 누르기도 했다. 그렇게 카파도키아에서 시작해서 파묵칼레와 에페소, 셀죽을 거쳐 오스만투르크 제국의 흔적이 남겨진 동양의 보석과 같다는 이스탄불에 도착했다.

나는 이혼의 충격을 회복하고 2005년에 아들과 둘만의 여행을 시작하면서 최소한 2년에 한 번은 아들과 함께 해외여행을 하겠다는 원칙을 만들었다. 그렇게 시작된 해외여행은 싱가포르, 필리핀, 일본과 태국, 호주, 프랑스, 스위스 등을 거치며 어느덧 열 번에 달했다. 어린 꼬마인 아들을 데리고 다닐 때는 모든 것이 내 책임이었다. 짐과 숙소는 물론 볼거리와 먹거리까지. 하지만 이제는 아들에게 의지할 것도 많고, 내가 부족한 부분을 채워주기도 한다. 특히 오늘 경험한 '아들의 흥정'은 아들과 나의 차이점을 명확히 보여주었다.

나는 사고자 하는 것이 있을 때는 되도록 흥정을 하지 않는다. 내 이득을 챙기려고 가격을 억지로 깎자는 것처럼 느껴지기 때문이다. 밀고 당기는 흥정 없이 단번에 적정가를 정하고 그것에 흔쾌히 합의하는 거래가 최고라고 생각해왔다. 하지만 실제 이유는 깎자고 하기가 민망하고 싫어서였다. 이 때문에 대부분 정가제로 파는 곳을 찾게 되었다.

이런 내 구매 패턴은 해외여행에서는 무척이나 쓸모없는 답답함에 불과했다. 알다시피 현지 상인들에게 관광객이란 한 번 왔다 떠나는 뜨내기에 불과하다. 외국어(주로 영어지만)로 더듬거리며 어수룩하게 이것저것 묻는 관광객을 일부러 배려해줄 만한 어눌한 상인은 찾아보기 힘들다. 그런 상인이 있다면 그는 상인이 아니라 성인이라 봐야 할 것이다.

아들은 나와는 조금 달랐다. 아들은 낯선 사람을 대할 때 과도할 정도로 조심스럽고 공손했다. 이 태도는 해외에 나가면 더욱 심해졌다. 물 하나, 과자 하나를 사더라도 점원에게 두 손으로 돈을 주고, 꼬박꼬박 고개 숙여 인사를 했다. 이렇게 어정쩡한 낯가림을 가진 아들이지만 물건을 살 때는 흥정이 반드시 필요하다는 생각이었다. 무엇을 사기 위해 가게에 들어서서 제대로 된 흥정 없이 어영부영 나오는 것을 예의가 아니라고 주장했다. 그런

슬퍼 대디?
슈퍼 대디!

아들이다 보니 나의 무흥정 원칙은 답답할 뿐만 아니라 비난의 대상이 되곤 했다. 결국 이번 터키 여행에서 나의 무흥정 원칙이 깨졌다.

우리는 가족 선물로 터키에서 가장 유명하다는 명산품인 '로쿰'이라는 간식거리와 '애플티' 같은 차 종류를 사야 했다. 이 상품들은 어느 상점을 가도 기본적인 흥정이 필요했다. 그들이 붙여놓은 킬로그램당 얼마라는 금액은 제시 가격에 불과하다고 모든 여행기에서 설명해주고 있었다.

흥정을 하기가 싫어서 선물 사는 것을 자꾸 미루었지만 출발 당일에는 사러 갈 수밖에 없었다. 나는 이미 그 전날 오래된 가게 하나를 점찍어 두었다. 그 가게에는 킬로그램당 얼마라는 정가가 붙어 있었고, 몇 개의 잘 팔리는 '로쿰'을 모아 250그램, 500그램 단위로 포장 판매를 하는 곳이었다. 추가할인을 기대할 순 없지만 맛과 품질이 보장되는 곳이었다. 당연히 나는 '정가제'를 하는 이곳으로 가려 했는데 어찌 된 일인지 아들은 전통 재래시장에 가보자고 했다. 전통 시장은 '로쿰'과 우리가 사고자 하는 차와 양념 분말을 함께 파는 곳이 많아서 가격 조사를 위해 들러볼 만한 가치는 있었다. 나는 아들과 함께 규모는 크지만 바가지가 상대적으로 덜하다는 스파이스 바자르(일명 이집션 바자르)로 향했다.

그곳은 참으로 번잡했다. 터키 상인들은 우리가 지나갈 때마다 '안녕하세요'를 시작으로 '브라더, 들어와 봐' '맛만 보고 가' 하는 식으로 호객행위를 했다. 심지어는 아들 모자를 벗겨 빼앗아 가면서까지 말을 걸었다. 우리는 세 군데 정도 가게에 들어가서 맛을 보았다. 터키 상인들은 한국인 관광객들은 특별히 싸게 준다며 우리를 유혹했다. 가게 안에서 구매 결정을 했다가는 바가지 쓰기 안성맞춤이라는 생각에 일단 시장 지역을 벗어나서 아들과 상의했다.

– 아들, 어제 갔던 하피즈 무스타파가 맛도 있고 분량대로 포장 판매하는데, 거기서 사는 게 어때?

– 여기도 맛은 좋던데요? 첫 번째로 갔던 곳은 어제 가게랑 비교해서 나쁘지 않아요.

– 그래. 아까 그곳은 먹을 만은 하더라. 그런데 값이 무스타파랑 비교해서 결코 싸지 않아.

– 아까 그 상점에서 할인해준다고 했잖아요.

– 킬로그램당 75리라를 할인해서 68리라로 준다고 한 건데, 그 정도면 무스타파랑 똑같아.

– 그러면 아빠! 여기에 가서 55리라에 달라고 해보는 건 어때요?

– 야! 그 가격에 달라고 하면 주겠냐? 안 팔 것 같은데…….

– 그러면 우선 55리라 부르고 60리라 정도로 흥정한 다음에 아까 우리가 봤던 애플티를 100그램 정도 공짜로 달라고 하면 어때요?

– 뭐, 애플티를 공짜로? 100그램당 18리라라고 했는데 그걸 공짜로 달라고? 말도 안 된다!

– 왜 안 돼요? 어차피 로쿰을 2킬로그램 정도 살 건데, 그렇게 이야기해보고 안 된다고 하면 안 사면 되지?

– 그런가? 우리 어차피 터키 양념하고 티 종류 200그램 정도 사야 하잖아?

– 그러니까 일단 우리가 먹을 애플티 100그램 정도를 공짜로 달라고 해

보고, 공짜로 준다고 하면 추가로 더 살 거라고 해요!

– 어차피 애플티 살 건데 그냥 좀 더 싸게 해달라고 하고 300그램 사면 안 되나?

– 에이! 그렇게 하면 공짜로 받을 수가 없죠! 일단 한번 해보자고요!

– 야! 아빠가 흥정하고 너는 그냥 서 있기만 할 거라고 너무 쉽게 말하는 거 아냐?

– 아이 참! 아빠가 일단 흥정 시작하면 나도 옆에서 도울게요!

솔직한 심정은 정가제 가게로 가고 싶었지만 어차피 차와 양념류를 사려면 또 다른 가게를 가야 하는 부담이 있었다. 게다가 흥정에 대해 자기주장을 펴는 아들이 기특하기도 했다. 일단 한번 시도해보기로 했다. 물론 단서는 달았다. 깎아달라고 했는데 잘 안 먹히면 정가제 가게에 가서 사는 것으로.

우리는 보무도 당당하게 한 가게를 방문했다. 우리를 호객하던 터키 상인은 전형적인 터키인처럼 생긴 젊은이였다. 기다란 콧수염에 검은 곱슬머리, 걷어붙인 팔과 풀어제친 가슴에는 시커먼 털이 북실거렸다. 그는 판매열정도 대단했고, 나와 아들 사이를 오가며 비위도 잘 맞추는 타고난 판매원이었다.

우리는 우선 아까 맛보았던 것을 사겠다고 했다. 그리고 좀 더 할인이 필요하다고 했다. 얼마를 원하느냐는 상인에게 나는 조금 계면쩍은 듯 웃으면서 '55리라'를 외쳤다. 상인은 다시 얼마나 사겠느냐고 물었다. 나는 2킬로그램이라고 말했다. 그러자 터키 상인은 '55리라'는 안 되고 '60리라'로 하자고 했다. 나는 망설이는 척하면서 '내 아들이 만약 60리라로 한다면 애플티를 공짜로 달라고 했다'고 추가 할인을 요구했다. 판매원은 과장된 몸짓으로 어찌 그런 제안을 할 수 있느냐고 놀라워하면서 나와 아들을 마치 '부자 공갈단'이라도 만난 것 같은 표정으로 바라봤다.

그는 웃으면서 5리라짜리 가공 애플티를 제안했다. 아들은 서서히 흥정할 기분이 났는지 적극적으로 판매원에게 자기 의견을 이야기했다. '우리가 로쿰을 많이 사지 않느냐. 그러니 제대로 된 애플티를 100그램 주라. 아니면 그냥 가겠다.' 대강 이런 투였다. 결국 공짜 애플티를 얻기로 했고, 우리는 추가로 애플티와 터키식 양념가루에 대한 구매 흥정을 했다.

결론적으로 우리는 킬로그램당 55리라의 가격으로 로쿰을 샀다. 100그램의 애플티를 공짜로 얻었고, 오토만이라는 터키 양념 100그램과 200그램의 애플티를 조금 더 할인된 가격에 구매했다. 흥정에 맛이 들린 나는 티 200그램을 담을 때, 좀 더 넣어달라고 요구하여 250그램을 얻었다. 모든 게 순조롭게 마무리되었다. 물론 터키 상인은 손해를 보지 않았을 터였다. 정확하게 환산해보면 오늘 거래의 승자는 당연히 판매원일 거다. 어쩌면 우리는 그의 상술에 놀아난 불쌍한 '부자 어리바리'에 불과했을지도 모른다. 하지만 나는 경험을 통해 흥정을 어떻게 하는 것인지 배웠다.

모름지기 흥정은 붙이고 싸움은 말리라고 했다. 사람이 살아가는 곳에는 어디서나 흥정이라는 행위가 존재한다. 흥정은 어느 한 편의 일방적인 이득을 취하기 위함이 아니라 상호 의견 제시와 조율을 통해 서로가 만족할 수 있는 타협점을 찾는 것이다. 나는 이제까지 내가 확실한 이득을 보거나

슬퍼 대디?
슈퍼 대디!

또는 내가 확실한 손해를 감수하는 쪽으로 의사결정을 하는 편이었다. 타협점을 찾는 행위가 낯간지럽고 치사하게 느껴졌기 때문이다. 하지만 아들과 함께 시도한 이스탄불에서의 흥정처럼 서로가 이익과 손해를 나눔으로써 각자가 만족할 수 있다면 흥정을 좀 더 적극적으로 즐겨볼 만하다는 사실을 깨달았다. 반백 년 가까이 살아오면서 제대로 시도해보지 못했던 흥정을 스무 살도 안 된 아들을 통해 경험하게 되는 것은 참으로 신기하고 즐거운 일이었다.

17
친구 같은 아빠로 사는 법

■ 고3도 곧 마무리가 되어 가는 아들은 이제 키도 훌쩍 자라 나보다 커버렸다. 체격도 좋고, 자전거나 축구 등 운동을 즐기다 보니 체력적으로 당할 수 없는 상대가 되어버렸다. 나는 종종 아들과 장난을 치다 아무 이유 없이 웃음을 터뜨릴 때가 있다. 그럴 때마다 아들이 이젠 내 친구가 되어 가는구나 하는 것을 느낀다.

나는 아이가 어릴 적부터 친구 같은 아빠가 되기를 바랐다. 그렇지만 정확히 어떻게 하는 것이 친구 같은 아빠가 되는 것인지 몰랐다. 그냥 잘 데리고 다니고, 아들의 고민을 잘 들어주면 되는 것인 줄 알았다. 하지만 친구 같은 아빠는 그렇게 쉬운 일이 아니었다. 중학생 이후부터 아들은 아빠와 같이 다니는 것을 좋아하지 않았고, 자신에 대한 이야기며 친구들, 학교생활 등에 대해 속속들이 이야기하지 않았다.

슬퍼 대디? 슈퍼 대디!

처음에는 이러한 변화가 내가 무엇인가 잘못해서, 또는 이 시기에 해야 할 어떤 것을 하지 않아서인가 싶었다. 그런데 시간이 지나보니 내가 잘못한 것도 아니고 내가 해야 할 무엇인가를 하지 않아서도 아니었다. 아이들은 그렇게 커 가고, 커 가면서 조금씩 부모와의 대화에서 단절감을 느끼는 것이었다. 그렇다면 내가 해야 할 행동이나 마음은 무얼까? 이 부분이 나에게 숙제처럼 남겨졌다.

아들이 중학교 때였던가, 저녁 시간에 불현듯 이런 말을 했다.

– 아빠, 나는 아빠가 지금보단 좀 더 엄격했으면 좋겠어요.

– 앗, 무슨 소리야?

– 아빠는 나한테 너무 뭐라고 하지 않잖아. 그래서 내가 아빠한테 버릇없이 굴거나 내 친구처럼 대하는 경우도 있는 것 같아.

– 그런데 아빠는 아들이 그렇게 편하게 여길 수 있는 게 너무 좋은데?

– 나도 나쁘지는 않은데, 너무 편하니까 좀 이상해.

이 대화를 마치고 나는 곰곰이 생각해봤다. 평소 내 신념과 같은 것, 바로 '프렌디'가 가장 좋다라는 내 생각이 과연 옳은 판단인가 하는 문제였다. 혹시 나는 친구 같은 아빠가 된다고 하면서 무간섭주의로 방임하고 있는 건 아닐까 하는 걱정이 생겼다. 그 후로 내 훈육방식에 있어서 진정성이 없었던 부분을 조금씩 고쳐 왔다. 지금은 자신 있게 대한민국에서 제일 가는 친구 같은 아빠로 살고 있다고 자부한다.

내가 친구 같은 아빠가 되겠다고 생각한 것은 꽤나 오래된 결심이었다. 내 아버지는 어려서부터 평상시에 정말로 편한 아빠였다. 누나와 우리 형제들은 주말이면 아버지 몸을 베고 누워서 텔레비전을 보곤 했다. 아버지는 그런 우리들을 귀찮아 하지 않았다. 아주 가끔 우리의 잘못에 대해 크게 화를 내시고, 회초리를 들어 단호하게 아프도록 매질을 하시기도 했지만 대부분의 경우는 자주 웃어주셨고, 우리를 데리고 놀러 다니셨다. 내가 배웠던 낚시며 테니스 등은 다 아버지를 따라 다니면서 즐겼던 것이고, 아버지를 통해서 기초를 익힌 것이다.

그렇게 자란 탓인지 나도 자상하고 즐거운 아빠로 아들에게 남고 싶었다. 태어난 자식이 나와 동성인 것을 알게 되었을 때는 더욱 다짐했다. '이 아이를 위해 정말 좋은 친구가 될 것이다'라고.

'부자유친', 부모는 자식에게 인자하고, 자녀는 부모에게 존경과 섬김을 다하여야 한다는 오륜의 하나다. 예로부터 부모와 자식 간에는 친함이 있어야 했다. 친하다는 의미는 가까이 사귀어 정이 두터운 것을 의미한다. 이를 나이와 상관없이 사용한다면, 친함은 부모와 자식 간에도, 선배와 후배 사이에도, 동년배 사이에도 반드시 존재할 수 있는 감정이라는 거다.

우리는 흔히 '친구'라는 단어를 '또래'만으로 제한한다. 어린 시절 친구, 학교 친구, 회사 친구, 사회 친구 하는 식으로 많은 관계에 적용하여 사용한다. 이렇듯 친구라는 단어의 사용 범위가 넓다 보니 부모와 자식 간에 친구가 된다는 것이 엉뚱하게 느껴질 수도 있다. 하지만 다시 한 번 생각해보면 부모와 자식이야말로 가장 친한 '친구'(親舊)여야만 하는 관계임을 알 수 있다. 부모자식만큼 가까이 두어 오래 사귄 사람이 어디 있겠는가?

슬퍼 대디?
슈퍼 대디!

친구같이 편하게 지낸다는 것이 부모의 권위를 포기하는 것을 의미하지는 않는다. 부모는 자녀의 유아 시절부터 그들의 성장을 보살피는 소중한 존재다. 자녀들이 아무리 잘났다 하더라도 부모의 헌신이 있지 않고서는 올바른 정신과 건강을 보전할 수 없다. 자녀들도 올바른 교육을 받았다면 부모가 자신들에게 어떤 역할을 했고, 어떤 존재인 줄 충분히 알고 있다. 다만 요즘 자녀들은 부모의 일방적인 조언과 지시를 듣지 않는 시대가 되었다는 점이 다르다. 사춘기의 방황과 일탈이 자연스러운 현상이 되었고, 일종의 특권처럼 여겨지는 시기이기도 하기 때문이다.

이제는 부모와 자녀가 훨씬 더 친하게 지내야만 하는 시대다. 부모의 연륜과 지식이 더 이상 어린 자녀들에게 존중과 경외의 대상이 되지 않는다. 부모는 자녀들이 빠르게 습득하고 있는 것에 대해 알아야 하고, 자녀들은 부모들이 알고 있는 과거 지식과 지혜에 대하여 관심을 가져야만 한다.

친구 같은 아빠가 되는 가장 근본적인 방법은 내가 삶에서 만났던 좋은 친구의 모습을 아들과의 관계에 가져오는 것이었다. 좋은 친구란 어떤가? 좋은 친구는 자신에게 무엇인가를 강요하지 않는다. 항상 많은 것에 대해 의논할 수 있다. 자신의 좋고 나쁜 점에 대해 인정을 받기도 하고 조언을 듣기도 한다. 서로가 상대방의 이슈에 대해 해결책과 위로를 주고받는다. 좋은 친구는 나에게 매우 편안한 마음을 갖게 한다. 만약 어떤 친구가 자신의 의견만 억지로 주장한다면 그 친구는 곧 주변에 좋은 친구를 가질 수 없을 것이다. 따라서 부모가 자신의 좋은 친구에게서 받았던 느낌, 자신이 상대방에게 좋은 친구가 되기 위해 행했던 진정성 등을 자녀에게 실천하는 것부터 시작된다.

오랜 시간이 지나 고3이 된 아들에게 옛 생각을 떠올리며 질문을 던져 봤다.

– 아들, 아빠가 엄격하면 좋겠다고 했던 거 기억나?
– 네, 기억나죠.
– 어때? 지금도 아빠가 좀 더 엄격하면 좋겠어?
– 아니오. 지금처럼 편하고 솔직하게 이야기할 수 있는 편이 나아요.

그렇다. 진정함은 언제나 진리다. 내가 원했던 친구 같은 아빠가 이제 조금씩 아들에게 나타나고 있나 보다. 인정해줘서 고맙다. 친구야~~.

슬퍼 대디? 슈퍼 대디!

돌싱일기 남자편

제3부

주부(主夫) 삶의 현장에서 살아남기

18
엄마 제발 좀! 어머니 잔소리 극복기

어머니께서 전화를 주셨다.

– 창영아, 냉동실 안에 있는 떡하고 생선 얼린 것 챙겨서 집으로 가져오렴.

– 왜요, 어머니?

– 이번 구정에 선물로 들어온 고기랑 생선이 조금 있다. 지금 있는 건 너무 오래되었으니 바꿔가렴.

– 엄마! 제발 저희 냉장고에 음식 좀 넣지 마세요. 저희 못 먹어요.

– 집 냉장고엔 넣을 곳도 없어. 너희 집에 두었다가 나중에 써도 되고 너희들이 먹으면 더 좋고.

– 에이, 정말 귀찮게! 그냥 여기 있는 거 제가 주말에 먹을게요. 그냥 두세요.

예전 같으면 이런 식으로 대화가 이루어졌을 것이다. 하지만 오늘 통화는 예전과 달랐다.

– 예, 어머니. 내일 아침에 교회 가는 차 가져갈 때 챙겨서 갈게요. 그리고 어머니. 좋은 고기들은 아버지 어머니가 챙겨서 드세요. 저랑 건민이는 이것저것 잘 먹고 있어요.

– 그래도 이게 좋은 고기란다.

– 예, 잘 알죠. 주셔서 감사합니다. 어머니 아버지 드실 것 조금 남겨두시고, 저희 주세요. 내일 뵐게요.

이런 대화가 이제야 가능해지다니! 사랑과 정성을 다하는 어머니께 이상하게도 나는 좋게 말하지 못하는 불효자였다. 남들이 부러워하는 나만의 돌싱 라이프를 가능하게 만들어주신 분들은 내 가족이다. 그중에서도 어머니를 최고로 꼽을 수밖에 없다. 어머니는 내가 친가로 복귀한 후부터 유치원에 갓 입학한 아들 건민이와 나를 돌보셨다. 본가에서 조금 떨어진 다른 집에서 둘만의 생활을 시작한 지금까지 우리 둘을 위해 본인의 모든 것을 바치셨다고 해도 과언이 아니다.

어머니는 내 엄마인 동시에 내 아들 건민이의 엄마이기도 했다. 그런데 헌신의 근원인 어머니가 유독 나에게 인정받지 못했던 것은 무슨 까닭이었을까? 그것을 탐구해본 결과, 어머니에 대한 나의 선입견이 지금까지 어머니와 나의 관계를 힘들게 만들었다는 것을 알게 되었다.

내가 중학교 2학년 때, 수학 선생님께서 학급마다 수학조교라는 명목으로 지정된 학생들과 함께 제주도 여행을 가자고 하셨다. 나는 수학 선생님을 좋아하진 않았지만, 각 반의 조교들은 1학년 때부터 알던 친구들이어서 진정으로 그 여행이 가고 싶었다. 그런데 어머니는 유독 걱정이 많으셨던 탓인지 내가 초등학교 다니던 시절부터 친구 집에서 자는 것이나 주말에 친구들과 시내에 놀러가는 것을 대부분 못하게 하셨다. 나는 어머니가 그러시는 것을 이해할 수 없었다. 그럼에도 불구하고 어머니의 반대를 받아들였다. 엄마는 걱정이 많으시니까 내가 참자 하는 체념이 있었다.

그렇지만 그 여행은 달랐다. 우선 선생님께서 인솔하시고, 공부 잘하는 친구들과 가는 여행이었다. 당연히 허락해주실 줄 알고 말씀드렸다. 하지만 어머니는 한마디로 잘라 말했다.

– 제주도 여행, 위험해서 안 된다.

이유가 뭔지 정말 궁금했지만, 나는 어머니 말을 받아들였다. 그러면서도 엄마가 싫었다. 엄마는 만날 반대만 하는 사람이구나 하고 생각했다.

그것만으로 끝난 것이 아니었다. 시간이 흘러 반항의 청소년기를 보내고, 대학에 입학한 후 군복무까지 마쳤다. 입학 직후부터 전공에 대한 갈등이 있었는데, 대학교 4학년이 되니 사회로 나가기가 두려웠다. 내가 원하는 것을 좀 더 하면서 학생 신분을 유지하고 싶었다. 하지만 전공과목은 흥미가 전혀 없어서, 공대 대학원을 간다는 것은 상상되지 않았다. 조금이라도 학문적 재미를 느끼면서 공부를 하고 싶었다. 이때 나에게 혜성같이 나타난 책이 있었으니, 그것은 바로 J.R.R. 톨킨의 《반지의 제왕》이었다. 소설의 재미는 차치하고라도 이러한 신비한 세계를 창조한 작가에 대한 동경이 생겼고,

그 동경은 영문학과에 편입하겠다는 꿈으로 이어졌다.

남들은 취직하겠다고 여념이 없던 4학년 2학기 무렵에 나는 편지지 7장 가득 사연을 담아 부모님께 드렸다. 영문학과에 편입해서 새로운 인생을 걸어보고 싶다는 내용이었다. 그것이 아버지에겐 통했다. 아버지는 편지를 읽고 한번 해보라 하셨고, 나는 너무나도 선선한 허락에 어리둥절했다. 하지만 기쁨은 잠시였을 뿐. 어머니는 아버지를 끌고 안방으로 가셨고, 한 시간가량 토론이 있었다. 이윽고 방에서 나온 아버지는 최초 승낙을 번복했다. 나는 엄마의 사주로 아버지의 결정이 바뀌었다고 생각했다. 엄마는 걱정이 많아서 뭐든지 허락해주지 않는구나, 하는 나만의 선입견을 완전히 사실로 확정해버렸다.

그 이후부터 내게는 어머니의 모든 말씀이 잔소리로 들렸다. 대답을 길게 하는 것이 귀찮아서 대부분 '알겠다'라고 답하며 짜증을 부렸다. 어머니가 두 번 이상 말씀하실 때는 그것을 다 세어두었다가 똑같은 얘기 몇 번씩 하지 좀 말라고 역정을 내기도 했다. 어머니가 기분이 상해서 방에 틀어박히시는 것을 보면서도 나의 지적은 어머니를 위한 것이라고 정당화시켰다. 심지어 아들이 할머니의 잔소리에 짜증을 낼 때는 이유를 묻기보다 '할머니가 본래 그런 성향이 있는 분이야'라며 아들을 부추기기까지 했다.

하지만 이 모든 것이 내가 어머니를 향해 만든 허구임을 알게 되었다. 엄마와의 대화를 통해 그때의 진실을 알게 되었던 것이다. 중학교 시절 우리 집은 여유가 없었다. 시어머니를 모시면서 형제자매 넷을 키우고, 아버지의 다른 형제까지 챙겨야 했던 어머니는 나를 제주도에 보낼 만큼의 여행 경비를 구하기 힘드셨단다. 진실을 이야기할 수 없어서 어머니는 막무가내로 안 된다고 반대하셨고, 평생 그것을 안타깝게 생각하고 사셨다는 것이다.

대학 시절 영문학과 편입에 대해서도 마찬가지였다. 어머니는 나보다 나에 대해 더 잘 알고 계셨다. 무슨 일이든 지금 하는 일을 적당히 하다 더 이상 흥미가 없다면서 새로운 것을 찾아다니는 스타일임을 파악하고 계셨던 것이다. 당시 아버지는 나의 뜻을 높이 평가해서 원 없이 시도할 기회를 주고 싶었다. 그 이유는 아버지도 어린 시절에 유사한 기억이 있었기 때문이었다. 하지만 어머니는 좀 더 냉철하게 내가 현실을 회피하고 있다는 것을 아시고, 단호하게 거절하신 거였다. 혹시라도 내가 상처를 입을까 봐 판단 근거에 대해 설명하지 않았을 뿐.

엄마와의 짧은 대화에서 나는 내가 만들어낸, 잔소리 많고 짜증만 나게 하는 어머니의 이미지를 버렸다. 그 대신 평생 아들 행복을 위해 희생하셨던 어머니를 발견했다. 심지어 내 어머니는 초등학교 2학년인 장남의 학교 체육대회 때, 감기몸살로 운신이 어려운 상태에서도 아들의 체면을 위해 학부모 릴레이를 뛰셨고, 그때 얻은 디스크로 30년 이상을 고생하셨던 것이다. 이 사실이 불현듯 떠올랐다. 내가 그 사실을 깨닫고 어머니에게 죄송하다는 말씀을 드린 그 순간부터 어머니는 더 이상 잔소리를 할 필요가 없었다. 나는 어머니의 잔소리 속에서 사랑을 발견할 수 있게 되었다. 그동안 어머니의 수많은 잔소리는 내가 어머니 사랑에 대해 응답해드리지 않은 답답함 때문이었다. 어머니의 사랑에 사랑으로 화답할 수 있게 되면서 어머니의 잔소리는 신기하게도 사라졌다.

19
총체적 난국, 부모님이 사라지다

■ 아버지께서 사라지셨다. 어머니도. 공포영화의 한 장면이 아니다. 아찔하고도 슬펐던, 진짜 기억이다.

3년 전 겨울, 아버지는 천성적으로 좋지 않던 기관지병이 도져서 고생하셨다. 겨우내 거의 집 밖 출입을 못하셨고, 진료 차 병원에 다녀오시는 거동만 가능했다. 그마저도 멀리 사는 누나가 시간을 내서 아버지를 모시고 다녀야만 했다. 병명은 '비결핵성 바이러스'. 결핵과 유사하지만 결핵은 아닌, 그런 모호한 병이었다.

딱히 어떤 바이러스인지 알 수 없기 때문에 결핵약을 처방받아 드셨다. 새롭게 알게 된 사실은 결핵은 매우 강력한 바이러스라 그것을 치료하는 약도 무척 독하다는 것이다. 아버지는 결핵약을 드시면서 아침식사 때 수저를 잡는 것마저 힘들어 하셨다. 그렇지만 이혼남인 아들을 위해, 아직은 어린

손주를 챙겨주기 위해 서울 집에서 버티셨다. 주변 분들은 아버지께 요양을 권했지만 한사코 가시지 않겠다고 버티던 아버지도, 생사의 기로 앞에서는 어쩔 수 없었다. 결국 조언을 받아들이기로 하셨다. 기관지병에는 공기 좋은 곳이 최고라 남도 시골로 거처를 옮기기로 하신 것이다.

하지만, 아버지께서 요양을 떠나겠다고 말씀하셨을 때 나는 정말로 불효자다운 발언을 했다.

– 창영아, 내가 도저히 내 몸 하나 힘들어서 안 되겠다. 주변 친구들도 많이 추천을 해줘서 제주도로 내려가서 살려고 한다.
– 아버지, 아버지 몸이 힘드시니까 그렇게 하셔야죠. 하지만 걱정이네요. 아들녀석 밥도 챙겨 먹여야 하고 학원도 안 가는 저녁에 누군가 있어야 하고, 저 회사 이젠 못 다니겠는데요.
– 그래, 너도 참 힘들 거다. 하지만 아버지가 이러다 죽을 것 같아서 도저히 안 되겠다. 엄마랑 어렵게 결정한 것이니 네가 건민이랑 좀 잘 살아봐라.
– 그럴게요. 아버지. 어쨌든 아버지 건강 회복하셔야죠.

칠순이 훌쩍 넘은 노인이 되신 아버지. 불과 1년 전만 해도 한 달에 한두 번씩 골프장도 나가시던 아버지께서 저렇게 약해지셨는데, 아버지, 어머니가 지방에 내려가시면 회사 그만둬야 할지도 모른다는 말을 뱉은 나는 대체 어떻게 생겨먹은 인간일까. 지금 생각해도 낯이 뜨겁다.

얼마나 힘이 드셨는지 아버지, 어머니는 이야기가 나온 지 한 달도 되기 전에 제주도로 떠나셨다. 다행인 것은 작은아버지 내외분께서 아버지, 어머니와 함께 계시겠다며 제주까지 내려가 주신 것이다.

부모님이 사라지신 후 나는 책임감과 걱정으로 마음이 무거웠다. 그동안 집안의 기둥 같은 역할을 하셨던 아버지가 사라지시면서 당장 내 생계를 위한 책임이 모두 나에게로 돌아온 것이다. 아침이면 졸려서 일어나지도 못하는 아들을 겨우 깨웠다. 굶겨서 보낼 수 없으니 최소 출근 두 시간 전에는 일어나서 밥을 하고, 국이나 반찬거리를 데워야 했다. 전날 저녁에는 항상 내일 아침 걱정으로 반찬거리를 사러 다니거나 간단한 인스턴트 음식을 준비해놓아야 했다.

부모님과 살 때는 어머니가 시켜야 한 번 할까 말까 했던 모든 일들 - 음식물 쓰레기와 재활용 쓰레기 치우기, 방 청소, 세탁기 돌리기, 다세대 주택 옥상에 열린 상추와 고추 물 주기 등등 - 자질구레한 일거리 천지였다. 아들은 아무도 자신을 통제하지 않는 조건에서 방과 후면 제한 없이 게임을 즐겼다. 그런 자유 때문인지 아침 반찬과 밥투정을 그다지 하지 않았다. 그래도 나는 아침식사가 걱정되었고, 회사에서 회식이라도 있는 날이면 출근 전부터 저녁거리를 고민해야 했다. 갑작스럽게 잡히는 약속은 모두 듣자마자 거절이었고, 팀원들과의 저녁 약속도 한 달에 한 번 수준으로 조절할 수밖에 없었다.

나에게 큰 울타리가 되어 주셨던 부모님의 소중함을 그제야 깨달았다. 내가 그동안 회사 생활, 사적 인맥 관리와 어쩌다 하던 연애마저 부모님이 계시지 않았다면 어땠을까 하는 반성이 되었다. 부모님이 제주도에 내려가신 지 석 달쯤 되던 주말, 처음으로 아들과 제주도에 가서 아버지와 어머님이 살고 계신 한림 근처 집을 방문했다. 염색을 중지해서 새하얘진 머리카락을 보여주신 어머니와 아버지. 갑자기 많이 늙어버리신 것 같아 서러웠다. 다행히도 아버지 얼굴빛이 많이 좋아지셨다. 2박 3일 동안 부모님과 작은아버지 내외분과 함께 제주도를 돌아다녔다. 그때 기준으로 4년 전에 아버지, 어머니, 아들 이렇게 넷이서 제주도를 신나게 돌아다니던 기억이 교차되면서 조금 슬픈 생각도 들었다. 그나마 이 정도로 회복되신 것도 대단한 행운이라고 생각하며 서울로 복귀했다.

나는 이제 변화된 환경에 적응할 방안을 찾아야만 했다. 부모님과 살던 동네에서 조금 떨어진 곳에 주상복합을 얻어서 이사했다. 단지 내에 대형 마트도 있고, 간단히 먹을 음식점도 있는 곳이었다. 다세대 주택에 살 때는 중3짜리 아들 혼자 집에 있으면 항시 걱정이 되었지만 주상복합으로 옮기고 나니 내 마음도 편하고, 아들 또한 좀 더 안정감을 찾게 되었다. 주상복합은 주택보다 관리비용은 많이 들었지만 많은 점에서 시간 절약이 되었다. 결국 그렇게 살아지게 되었다.

아버지께 회사를 그만둬야 할지도 모른다고 반 협박성 멘트를 던진 내가 한심했다. 모든 것이 닥쳐서 해결하다 보면 방법이 생기기 마련인데, 나는 왜 순간적으로 모든 것을 부모님의 책임으로 돌렸을까. 그것도 당장 죽음이 눈앞에 온 것같이 힘들었던 아버지께 말이다.

이렇게 나와 아들은 거의 10년 가까이 신세 지며 살던 부모님에게서 독립했다.

부모님은 제주도에서 몇 개월 사시다가 제주도 여름 날씨가 기관지에 좋지 않다는 결론을 내리고 자형의 본가가 있는 하동 지역으로 옮기셨다. 섬진강 물줄기를 따라 봄이면 매화가 활짝 피는 곳이었다. 아침 점심으로 꾸준히 걷고, 호흡법 수련하고, 많이 주무시고 하면서 그 힘든 병세를 이겨내셨다. 그리고 다시 크나큰 사랑으로 우리 형제자매가 있는 서울로 돌아오셨다.

부모님께서 우리에게서 사라지셨던 10개월 동안 나는 무척 소중한 경험을 했다. 근거리에 계시지 않는 부모님에 대한 그리움과 사랑을 새삼 깨달았다. 부모님의 존재가 우리 가족 특히 나에게 얼마나 소중한지를 알았다. 내가 부모님의 무조건적인 사랑으로 여기까지 버텨왔다는 사실도 발견했다.

– 아버지, 어머니 살아생전에 좀 더 사랑하고 사랑하고 사랑하겠습니다. 정말 감사합니다.

20
월례 행사 집안 청소로 뼈 빠진 날

■ 이제는 나서야 할 때이다. 더 이상 방치할 수가 없다. 드디어 집 안에 '오솔길'이 생기기 시작했다. 한동안 하얀 목화솜과 같은 부드러운 먼지가 가라앉아 집 전체를 풀밭처럼 만들더니, 이제는 주로 활동하는 영역과 주행로를 확연히 구분할 수 있는 수준이 되었다. 마루에 생긴 오솔길은 그 옆으로 점점 더 두툼해지는 먼지풀밭 때문에 이젠 그 경계선을 확실히 인지할 수 있을 지경이다. 이 집에 처음 오는 낯선 사람도 우리가 어떤 생활반경에서 살고 있는지 판단할 수 있을 정도다.

그렇다. 오늘은 대청소를 해야만 하는 날이다. 아들과 함께 이사를 한 후, 처음에는 1주일에 한 번쯤 진공청소기를 돌려 청소했다. 컨디션 좋은 날은 대걸레질도 하고, 그보다 더 컨디션이 좋으면 탁자와 가구에 쌓인 먼지까지 닦아내곤 했다. 그 주기가 차츰 2주가 되고 2주가 견딜 만하다는 것을 알게 되니 4주가 되었다. 4주부터는 그냥 관성에 따라서 움직이는 공처럼 청소

안 된 집에서도 그러려니 하며 하루를 버틸 수 있게 된다. 하지만 6주째가 되면, 견디기 어려운 상황이 된다. 우리의 몸에 붙어 있는 먼지님들께서 집 안 곳곳에 살포시 내려 앉아 자신만의 일가를 이루고 자체적인 번식을 하는지 먼지 세상이 자꾸 넓어지는 것이다. 그때부터 나는 주인이 아니라 침략자가 된다. 침략자의 발길이 닿은 곳에는 길이 생기고, 침범받지 않은 청정영역에는 그린벨트가 아닌 그레이벨트 즉 먼지풀밭이 형성된다.

이쯤 되면 아빠로서의 죄책감에 사로잡힌다. 가뜩이나 호흡기 계통이 좋지 않은 아들인데(특이하게도 이건 유전이다), 아들은 야외생활뿐만 아니라 실내생활에서도 미세먼지 적응훈련을 하며 먼지와 동고동락하고 있다.

나는 이 사태를 해결하기 위해 아들에게 우선 SOS를 날린다.

– 아들, 청소할까?

– 괜찮은데요…….

– 야, 이렇게 길이 확연히 드러나는데 괜찮다는 거야?

– 이젠 좀 그렇긴 한데…….

– 아빠가 전체적으로 정리할 테니 너는 네 방 옷가지하고 네 책상에 있는 책이랑 버려야 할 시험지들 좀 치워.

– 예, 알겠어요.

아들에게 원조를 요청한 건 분명한데 해야 할 분량이 적절히 나눠지지 않았다. 결국 내가 다 해야 하는 셈이다. 청소를 하지 않아도 그나마 며칠에 한 번은 정리하는 것이 음식물 쓰레기와 설거지다. 집에서 음식을 해먹는 일이 많지 않지만 밖에서 사다 먹는 음식 잔해물과 인스턴트 음식물 포장 등이 하루 이틀만 지나도 만만치 않다. 분리 수거해야 할 것과 설거지할 것도 하루만 방치하면 금세 일거리로 다가온다. 심지어 공과금 고지서와 아들 학교 공지문마저 식탁을 가득 메울 정도다.

내 청소는 보이는 것들을 분류해서 버리고, 그 위에 쌓인 묵은 먼지들을 닦아내는 것이 시작이다. 기본 청소는 진공청소기로 방바닥에 흩뿌려진 먼지와 음식알갱이를 치우는 것이지만, 식탁, 책상, 보조탁자, 각 방마다 널려진 책들을 치우지 않으면 청소를 했다는 느낌이 들지 않는다. 음악을 틀어놓고 신나게 해보려고 하는데, 시끄러운 진공청소기 탓에 음악도 하나의 소음으로 전락한다. 그래서 TV를 켜놓고 청소를 할 때가 많다. 하나 둘씩 집어서 치울 때는 '도대체 이걸 언제 다 치우나' 할 정도로 답답하지만 방 하나를 치우고, 거실을 치우면 거의 3분의 2를 치운 느낌이 들고, 청소 진도가 빨라진다.

오늘은 간만에 대걸레질까지 했다. 빗자루로 먼지를 쓸고, 남은 잔먼지는 진공청소기로 처리했다. 그리고 대걸레질까지 하고 나면 비로소 사람 사는 곳이 된다. 누군가 집에 찾아와도 맞이할 만하다. 초기의 정갈함이 유지되는 건 고작 반나절뿐이지만, 청소된 집의 거실 소파에 앉아 음악을 듣거나, TV를 시청하면 무척 보람된 하루를 보낸 느낌이다.

집 청소를 외부 전문인들에게 맡기라는 조언을 많이 들었다. 가격도 크게 비싸지 않고 집주인이 신경 쓰지 않는 부분까지 청소해준다는 것이다. 청소를 잘 하지는 않지만 이상하게 남에게 내 집 청소를 부탁하는 것은 싫었다.

내 집의 어지러움을 남에게 보이기 싫고, 그 처리 또한 남에게 맡기고 싶지 않다. 6주 만에 한 번씩 청소하는 나의 게으름만 아니라면 앞으로는 나와 아들이 함께 정리하는 대청소가 되길 바란다. 아빠의 고된 대걸레질을 보며 자기 방 책상과 쓰레기를 정리하고, 이것저것 분리수거할 쓰레기를 같이 들고 버려준 아들에게 고마웠다.

깨끗한 나의 집, 이것을 유지하는 방법을 이제는 바꿔야 할 때다. 이렇게 먼지 풀풀 날리는 집이 나와 아들 건강에 도움이 될 수는 없다. 이젠 매일 조금씩 청소해 나갈 것이다. 쓰레기도 매일 정리할 것이고, 설거지통에 그릇들도 쌓아놓지 않을 테다. 이런 결심으로 며칠간 청소를 했더니 아침에 바라보는 거실과 방의 풍경이 달라 보인다. 뼈 빠지는 날이 되었던 대청소는 더 이상 없다. 평상시 깨끗한 집을 만들어 가는 방법이 훨씬 더 효율적이다.

21
전기요금 폭탄을 맞다. 살림꾼이 되어가는 길

■ 모처럼 쉬는 날이었다. 날은 너무 더웠고, 주상복합인 우리 집은 더욱 더웠다. 작년 같으면 거실을 중심으로 에어컨을 틀고, 아들과 내가 주로 활동하는 곳은 에어컨을 껐다 켰다 했을 텐데 이젠 더 이상 그런 용기가 나지 않는다. 전기요금 누진제의 무서움을 알게 되었기 때문이다.

아버님의 갑작스런 병환으로 아들과 단둘이 사는 진정한 돌싱 라이프가 시작됐다. 부모님과 함께 사는 생활은 단점보다 장점이 훨씬 많았다는 것을 독립하고 나서 뼈저리게 느꼈다. 같이 살 때는 어머니의 잔소리가 듣기 싫었고, 의식주 전반에 대해서 신경 써 주시는 것이 귀찮았다. 하지만 막상 어머니와 아버지가 사라지자, 의식주와 아들 양육, 집안 살림 모두가 나의 책임이 되었다.

부식비가 얼마나 많이 드는지도 알게 되었다. 치워야 할 음식물 쓰레기는 매일 생겼고, 조금만 게으름을 피우면 냄새와 함께 파리가 날아들었다. 가장 놀라웠던 것은 바로 전기요금이었다. 부모님과 함께 살면서 한 번도 내본 적이 없었던 관리비, 그 관리비의 실체를 알게 된 것은 새로운 집에 이사온 다음 달 고지서를 통해서였다. 상상 그 이상의 요금이 나온 것이다.

이렇게 과한 전기요금이 나오게 된 배경은 나의 '억울함'이었다. 부모님과 함께 살 때 제일 어려운 점은 더위였다. 집 구조도 바람이 막힌 상태였지만, 무엇보다 아버님의 기관지 질환으로 에어컨 사용을 되도록 제한하고 살았다. 여름철 늦더위와 열대야가 기승을 부려도 선풍기를 최대로 트는 것이 최선이었다. 그것도 모자랄 때면 잠이 달아나는 것을 감수하고서라도 찬물 샤워를 하곤 했다.

그래서 부모님으로부터 독립한 뒤 더 이상 '더위' 때문에 고생은 하지 않겠다고 다짐했다. 다른 것들은 다 힘들고 어려운 상황으로 변했지만, 오직 더위만은 이겨내기 쉽게 되었다고 생각했다.

집에 있는 동안은 되도록 에어컨을 틀었다. 잠을 자기 전에는 잠이 충분히 들 정도 시간까지 예약 냉방을 활용하여 잠을 청했다. 아침에 출근하기 위해 아파트를 나서기 전까지는 항상 시원했고, 행복했다. 전기요금이 나와봐야 얼마나 나오겠나 싶었다. 에어컨을 항시 틀 정도로 덥지 않다고 말하는 아들에게 나는 호기롭게 말했다.

– 아들, 아빠가 이 정도 전기료는 낼 만하거든

– 우리가 여름마다 얼마나 더위로 고생했었냐? 이제 그 보상을 받아야지?

– 아들, 그냥 시원하게 살자. 에어컨 빵빵하게 틀고 사니까 얼마나 좋아?

슬퍼 대디?
슈퍼 대디!

아빤 이제 여름이 두렵지가 않다.

그렇게 행복한 한 달여의 시간이 지났다. 그리고 지난 달 관리비 통지서가 아파트 우편함에 담겼다. 퇴근길에 관리비 통지서를 들고 집으로 돌아온 나는, 통지서를 보고 내 눈을 의심했다. 관리비가 너무 많이 나온 것이다. 100만 원에 가까운 관리비가 찍혀 있었다. 평상시 20만~30만 원대의 관리비가 나온다는 정도만 알고 있던 나였기에 새로운 경지에 다다른 관리비는 뭔가 측정 오류일 거라는 생각이 들었다.

전기요금이 많이 나온 가장 주요한 이유는 당연히 에어컨 가동시간의 급격한 증가였다. 관리비 내역을 살펴보니 전기료가 평소보다 거의 다섯 배 이상 나왔다. 급한 마음에 지난 달 통지서를 찾아 전기 사용량을 비교해보았다. 실제 사용량은 두 배 반밖에 늘지 않았는데 전기료는 다섯 배 가까이 청구되었다. 이것이 바로 전기요금 누진제의 실체였다. 통지서를 팽개치고 내가 처음 한 행동은 닫아놓았던 아파트 창문을 여는 것이었다. 아파트 출입문을 항상 열어놓던 옆집을 비웃으며 굳게 닫아놓았던 우리 집 출입문도 살짝 열어놓고, 힘차게 작동하던 에어컨 스위치를 과감히 꺼버렸다.

창문을 열자마자 후끈한 열기와 무거운 습기가 상쾌한 집 안의 기운을 잠식하고 있음이 느껴졌다. 당장이라도 창문을 닫고 에어컨을 켜고 싶었지만, 그 행위가 얼마나 큰 대가를 치러야 하는지를 알고 나서는 더 이상 에어컨을 과감하게 사용하기 어려웠다.

학교에서 야간자율학습을 하고 돌아온 아들은 평소와는 다른 집 안 상태에 무관심하게 반응했다. 그래서 제 발 저린 내가 먼저 이야기했다.

– 아들, 오늘 전기료가 나왔는데 평소보다 다섯 배나 나왔어. 관리비만 거의 100만 원이더라. 앞으로는 조금 덥게 살자. 창문도 열어놓고, 너무 더우면 그때만 에어컨 틀자.

– 응, 난 괜찮아. 견딜 만해.

아들의 대답이 대견했다. 전기요금 폭탄은 그 다음 달까지 이어졌다. 부랴부랴 에어컨 가동을 중단했지만 이미 한 달 이상 마구 사용해버린 탓에 여파가 이어진 것이다.

나는 이제 무더운 여름철에도 에어컨을 함부로 사용하지 않는다. 방마다 빌트인으로 설치된 에어컨이지만 그 편리함에 따라 치러야 할 전기료가 걱정되기 때문이다. 여름이면 방의 창문은 항상 개방되어 있고, 조금 더 더운 날이면 출입문도 열어놓는다. 다행히 고층에 위치한 집이라 모기가 들어올 수 없다는 사실에 위안을 받는다. 정히 더운 날이면 제일 작은 방에 아들과 함께 모여 생활한다. 하나의 방만 냉방지역으로 설정하고 그곳을 피난처 삼아 사는 것이다. 그보다 더 더운 날이면 아파트 단지 내 커피숍으로 피신하기도 한다.

집을 직접 관리하게 되면서 알게 된 것은, 신경 써야 하는 것이 전기료만은 아니라는 점이다. 매일 준비해야 하는 음식과 부식도 상당한 돈이 든다는 것, 매년 두 번씩 주민세가 나온다는 것, 잡다하게 사야 될 것도 많고 비누, 치약, 세제 등이 예상보다 훨씬 빨리 떨어진다는 것 등 새롭게 알게 된 사실이 많다. 이렇게 나는 온전한 돌싱 아빠가 되어 간다. 아직도 모르는 것투성이지만 한편으로 차츰 알찬 주부가 되어 간다는 사실에 대견함을 느낀다.

22
내일의 아침식사가 두렵다

■ 아들과 단둘이 사는 삶을 시작한 뒤 당면한 가장 큰 문제는 아침식사였다. 언제나 아침에 일어나면 어머니가 차려주시던 아침밥으로 하루를 시작하던 나, 그리고 쌀밥과 반찬 위주의 아침밥을 잘 먹지는 않았지만, 어쨌든 아침밥이 없는 것은 한 번도 경험하지 못했던 아들. 우리 둘에게 부모님의 부재는 당장 먹고 살 일을 걱정하게 만들었다.

어머니, 아버지가 지방으로 요양차 내려가시고 두 달쯤은 이를 악물고 회사를 다녔다. 아침과 저녁을 어머니가 해주시던 식으로 쌀밥에 3찬, 그리고 국까지 준비하기 위해 나는 일찍 일어나야 했고, 일찍 퇴근해야 했다. 그리고 퇴근 후 하는 일은 대부분 내일 아침 찬거리를 사는 것과 음식물 쓰레기를 버리는 것이었다. 호박감자된장국을 끓여보고, 참치김치찌개도 준비하고, 오징어채소고추장볶음도 만들면서, 인터넷에 있는 레시피를 따라 하면 웬만큼 먹을 만한 음식을 만들 수 있음을 알았다. 게다가 나는 뚝딱 하고 간단히 음식을 만드는 데 소질이 있었다. 간도 잘 맞추었고, 맛이 조금 이상하면 마법의 MSG를 사용하는 데도 능통했다.

이렇게 나 자신의 음식 솜씨와 아침 저녁을 준비하는 것에 대해 스스로 대견해 하는 동안, 아들은 점점 어머니처럼 준비해주는 아침 식단을 싫증내기 시작했다. 부모님과 함께 살 때도 밥 위주의 식단을 좋아하지 않았던 아들은, 아빠가 차려주는 한식이 맘에 들지 않았던 모양이다. 더군다나 내가 만들 수 있는 것이 몇 가지로 한정되다 보니 1~2주 이후부터 반복되는 도돌이표 식단이 지겨워진 것이다.

나 또한 매일 반복되는 일상에 지쳐가고 있었다. 아침을 준비하는 것이 얼마나 힘든 일인가 하는 것을 40여 년 만에 깨닫게 된 것이다. 점점 '저녁 식사'는 아들이 원하는 방식으로 바뀌어 갔다. 피자와 햄버거를 사다 먹을 수 있는 환경은 우리 대한민국이 전 세계 최강이었고, 그 어떠한 음식이라도 배달로 해결된다는 것을 아들은 깨닫기 시작했다.

아침만은 그래도 정상적인 식단으로 유지하고 싶었던 나였지만 이 또한 점차 타협점을 찾아갔다. 빵과 우유, 콘플레이크와 우유, 계란과 햄과 치즈를 이용한 토스트, 마트의 마감시간에 따라 세일에 들어가는 떡 종류가 아들의 아침 대체식이 되었다. 참으로 신기한 것은 어지간하면 아침이 지겹고 맛없다고 투정을 부릴 만도 하건만, 아들은 아침에 무엇인가 먹고 가는 것만큼은 큰 불평 없이 지켰다. 10여 년 이상 할머니가 해주는 밥을 식욕과 상관없이 챙겨 먹고 다녔던 습관이 만들어낸 결과였다.

아들에게 아침을 꼭 먹게 해야 한다는 생각으로 매일 준비하다 보니 나 자신도 아침을 거르지 않게 되었다. 젊은 시절엔 아침을 수시로 걸렀던 나였지만 아들과 단둘이 살면서 아침 한 끼를 뚝딱 해결하는 것에 익숙해졌고, 그것이 하루 건강에 득이 된다는 것을 터득할 수 있었다.

이렇게 3년여 세월이 지난 지금, 여전히 나는 고민이 많다. 아들은 아침식사를 거르지는 않지만 예전보다는 적게 먹으려고 노력하고 있다. 아들에게 어떻게 하면 좀 더 효과적인 영양소를 섭취하게 할 것인가를 고민해야만 한다. 예전과 달라진 패턴이라면 빵을 살 때는 채소가 섞인 샌드위치를 선호하게 되었고, 가끔은 빵집에서 판매하는 채소샐러드를 준비하곤 한다. 간단히 먹고 난 후에는 토마토와 사과 같은 과일을 꼭 섭취하도록 신경 쓰고 있다. 좀 더 가볍게 먹는 날은 바나나를 하나 먹으면서 우유와 양질의 단백질 파우더, 콘플레이크를 섞어서 식사를 대체하기도 한다.

또 다른 경험이 생겼다. 마트에서 파는 대부분의 인스턴트 식사에 대해 두루 섭렵한 것이다. 만두류, 볶음밥류, 크림수프와 죽류, 그리고 냉동핫도그, 돈가스류까지. 그리고 뻔뻔함이 늘었다. 저녁식사를 먹다가 음식이 남으면 싸오는 것이 당연하게 되었고, 저녁 약속장소 근처에 괜찮은 빵집이 있으면 꼭 몇 개의 빵을 아침식사용으로 사왔다. 아주 마음에 드는 음식일 경우는 포장 주문을 따로 1인분씩 해서 귀가하기도 했다.

하지만 주말 아침만큼은 밥을 직접 했고, 반찬으로는 생선구이, 달걀프라이, 두부 반찬을 만들고, 가끔은 고기까지 구웠다. 지금은 밥은 햇반으로 대체하고 반찬은 김치와 달걀프라이 그리고는 생두부를 간장에 찍어 먹는 간소한 스타일로 바꾸는 중이다. 어설프게 지은 밥은 햇반만 못하다는 것을 깨달은 덕이다.

내가 직접 아침을 챙기면서 주부들의 어려움을 알게 되었다. 아침을 매일 먹고 다닌다는 주변의 남편들이 대단해 보였다. 남편의 아침을 직접 챙겨주는 아내들의 헌신과 사랑을 알게 되었다. 내가 준비하는 썰렁한 스타일의 아침을 큰 불만 없이 먹어주는 아들에게 새삼 고마움을 느끼게 된다. 준비해야만 하는 의무감의 아침이 점차 나로 하여금 아들의 건강이 유지되고 즐거운 학창 시절을 보내는 데 원동력을 제공하는 책임의 아침으로 바뀌고 있다.

마음먹은 만큼 아들에게 맛있는 아침을 먹여주고 싶다. 하지만 여전히 이것은 나의 희망사항일 뿐. 내일 아침은 또다시 바나나와 우유밖에 준비되지 않았다. 아침 준비는 정말 힘들다.

23
양말 뒤집어 벗는 남자들

부모님과 함께 사는 것은 진정으로 나에게 편한 삶이었다. 홀아비 신세에 처한 아들이 측은해서인지 아버지, 어머니 모두 나에게 하는 말씀을 조심하셨다. 나는 총각 시절처럼 얹혀 살 듯이 살면 되었다. 딱히 집 안 청소를 해본 적도 없고, 아침을 준비해본 적도 없었다. 그러니 빨래 또한 어머니가 처리해주는 것은 당연한 일이었다.

총각 시절부터 어머니께 들어오던 잔소리 중 하나는 빨 것이 있으면 바로 내놓으라는 것이었다. 회사에서 귀가한 후 양복을 옷걸이에 걸고 나서 빨래통에 넣어야 할 것은 양말이었다. 그런데 이 양말이란 것이 벗은 자리에서 바로 들고 처리하지 않으면 잊기가 일쑤였다. 깜빡 잊고 있다 보면 어머니가 내 방에서 양말을 들고 나오면서 잔소리를 하셨다.

– 내가 양말 벗어서 세탁기에 넣어두라고 했잖니. 넌 왜 항상 이렇게 양

말을 뒤집어놓는 거니?

– 아! 제가 잊었네요. 그냥 엄마가 뒤집어서 넣으세요. 다음에는 제가 꼭 바로 벗어서 넣을게요.

바로 벗기는 개뿔! 나는 항상 그런 식이었고, 어머니는 늘 내 양말을 찾아 뒤집어서 세탁기에 넣으셨다. 나는 어머니의 말씀이 잔소리로 들렸다. 세탁기에 대충 넣어서 돌리면 다 빨아질 텐데 굳이 뒤집어서 넣어야 할 필요는 뭐며, 꼭 매일 그렇게 빨아야만 하나 하는 불만이 있었다.

그런데 이젠 반전이 생긴 것이다. 나와 아들의 생활에서 내가 엄마의 역할을 책임지게 되었다. '강한 자가 살아남는 것이 아니라, 살아남은 자가 강한 것이다'라는 이야기가 있듯이 세탁의 세계에도 부지런한 자가 세탁을 하는 것이 아니라 게으른 자가 세탁을 하지 않는다는 진리가 있다. 아들과 나는 둘 다 유사한 성향이고, 그래서 둘 다 게으른 편이다. 대부분의 방을 비롯하여 책상이 지저분하게 관리된다. 이거야 각자 책상이니 그렇다손치더라도 매일 입고 벗고 쓰는 양말과 속옷, 수건 영역으로 들어서면 이야기가 달라진다. 나는 어느새 세탁을 하는 자의 편에 서게 되었고, 아들은 버티다가 자기가 신을 양말과 입을 옷가지가 없을 때면 짜증을 내는 자의 위치에 선 것이다.

이제 내 눈에 아들이 마구잡이로 벗어둔 양말들이 보이기 시작했다. 집에 돌아오자마자 벗어서 세탁기 속에 넣어두면 될 텐데, 그게 뭐 어렵다고 아들은 여기저기에다 뒤집어진 채 던져두는 것이었다. 뒤집어진 양말을 찾아 세탁기에 넣으면서 새롭게 알게 된 것은 양말은 뒤집어서 빨면 잘 안 빨아진다는 사실이다. 더러워진 부분이 안쪽으로 들어가 있으면 검은 먼지 때가 대부분 그대로 남아 있고, 겨우 발냄새 정도만 가셔진다는 사실을 새롭게 알았다.

'그래서 어머니께서 양말을 뒤집지 말라고 하셨구나.' 이제야 어머니 잔소리에 담긴 깊은 뜻을 알게 된다. 나에게 진작 이야기를 해주시지 왜 그러셨을까? 만일 말씀해주셨으면 나도 왜 뒤집어야 하는지 이유를 알고, 절대로 양말을 뒤집어 벗지 않았을 텐데 말이다. 나는 어머니와는 다르다. 그래서 아들에게 이야기했다.

– 건민아! 양말을 이렇게 뒤집어서 두면 안 된다. 빨래할 때 반드시 다시 뒤집어서 넣어야만 양말 때가 없어져. 그러니 다음번에는 꼭 제대로 벗어 놓아라.

– 네. 알겠어요.

대답만은 냉큼 잘하는 아들을 믿고, 오늘은 거기까지만. 그러나 며칠을 두고 봐도 아들녀석은 양말을 뒤집어서 벗어둔다. 내가 지적을 해야만 다시 뒤집어서 세탁기에 넣는다. 고등학생이라 그런 걸까, 아니면 남자라서 그런 걸까. 본인이 빨래를 직접 해보지 않고서는 절대 알 수 없는 영역인 걸까. 의문이 생기기 시작한다. 남자라는 것들은 왜 항상 양말을 뒤집어 벗어두는가? 자신이 세탁기를 직접 돌려보지 않고서는 발견할 수 없는 소중한 지혜 같은 것인가.

– 욘석, 대학생만 되어 봐라. 너에게 이 소중한 지혜를 남겨주기 위해서라도 앞으로 빨래는 모두 너에게 맡길 테니까.

24
변해버린 명절 풍경들

1년에 두 번씩 있는 민족 명절, 설과 추석. 이 두 명절은 많은 노총각, 노처녀들을 힘들게 만들기로 유명하지만 시집살이를 하는 며느리에게도, 돌싱남과 돌싱녀에게도 마찬가지로 부담이 된다. 과거 우리 집 명절 풍경은, 아침에 작은아버지 두 분께서 작은어머니들과 함께 오셨다. 내 사촌동생들도 식구를 이끌고 차례에 참석하러 또는 세배나 인사를 드리러 꼭 들렀다. 하루 종일 사람이 넘쳐났고, 연휴기간 내내 친척이 오거나 아버지 손님이 오거나 하며 바빴다.

이혼 전까지는 아버지께서 공직에 계셔서 상당히 바쁜 명절이었다. 주장이 뚜렷한 아내였지만 달갑지 않은 명절 며느리 사역에 대해서는 군소리를 하지 않았다. 그렇지만 종일 피곤함이 역력했고, 그런 아내를 보며 나는 꽤나 안절부절못했다. 신혼 시절, 아내가 음식을 만들고 설거지를 하고 집 안

슬퍼 대디?
슈퍼 대디!

청소를 할 때면, 나는 항상 불안한 마음이었다. 직장을 다니는 아내가 휴일에도 이렇게 힘들게 여러 사람들을 위해 일해야 한다는 것이 걱정되었다. 가사 노동에 그다지 능숙하지 않던 아내의 평소 실력을 아는 터라 명절 사역 같은 일은 시키고 싶지 않다는 생각이 강했다. 총각 시절 한 번도 어머니를 도와드리지 않던 내가 자진해서 설거지를 하기도 하고, 아내 주변을 얼쩡거리면서 도와줄 것은 없는지 살피던 시절이었다.

이혼을 하고 나니 신경 쓸 아내가 없어서 편해졌다. 그리고 명절 형식이 간소해지기 시작했다. 작은아버지들이 설날과 추석을 각자 자신의 가족들과 댁에서 보내기로 결정하셨기 때문이었다. 아버지 직계인 나와 동생 가족만이 모여 차례를 지내고, 식사를 함께하는 방식으로 바뀌었다. 형제가 4남매지만 시댁에 가는 누나를 제외하고, 미국에서 사는 막내 식구도 제외하면 명절은 나와 아들, 그리고 동생네 식구 네 명, 마지막으로 부모님 이렇게 총 여덟 명의 행사로 축소되었다 차례 음식은 여전히 준비해야 했기에 동생네 식구가 전날 와서 음식 준비를 하고 자기 집으로 돌아가거나, 부모님 댁에서 하루 자고 명절 아침을 맞이했다.

내 이혼과 막내의 해외 이민이 없었다면 세 명 며느리가 어머니 손 하나 까딱할 필요 없이 일사분란하게 움직였을지도 모른다. 그런 며느리 집단을 이끌며 나의 아내는 집안 행사를 운영하는 수업을 어머니로부터 받았을 것이다. 하지만 안타깝게도 어머니에게는 그런 전통을 물려줄 며느리 복은 없으셨다. 한국에 남아 있는 둘째며느리와 함께 매해 명절 준비를 손수 하셨다. 이러한 우리 집 명절 풍경에 획기적인 변화를 만든 계기는 부모님의 신앙이었다. 누나가 전도해서 기독교로 종교를 바꾼 부모님께서 제사 절차를 완전히 없애고 추모 예배 형태로 바꾸신 것이다.

수십 년간 차례를 지내고, 제사를 모셔왔는데 갑자기 두 번 절하지 않는 명절 차례를 지내는 것은 낯설었다. 종교가 없는 나는 아버님의 추모 예배 의견에 마땅찮은 점이 있었다. 이것저것 음식을 차려놓고 절을 하는 제사가 좀 더 조상에 대한 존경심을 표하는 거라고 생각했다. 아무런 준비 없이 찬송가 한 소절과 성경 말씀 몇 마디 읽는 것이 우리를 있게 만들어준 조상들께 무슨 의미일까 하는 의문을 내려놓기 어려웠다. 그래서 나와 동생들은 부모님 돌아가시면 다시 제사를 지내자는 식으로 입을 맞추기도 했다.

그런데 이 추모예배가 2~3년 정도 유지되고 나니 참 간소하면서도 의미가 있는 방식이라는 생각으로 바뀌었다. 찬송가를 부르고 성경을 낭독하는 것은 여전히 제사를 대체할 만큼 의미를 부여하기 어려웠다. 단지 아버지께서 설날이나 구정을 맞이하여 가족들에게 전하고 싶은 말씀을 해주시는 것이 맹목적으로 조상들께 두 번 절하는 것보다 나았다. 우리 집의 공통된 정신과 가치관을 살리고 정확히 기억할 수 없는 할아버지, 할머니와 그 선조들의 이야기를 들으며 내 뿌리에 대해 자부심을 갖게 되었다.

확실한 것은 차례를 지낸 후 아침식사 준비만 하면 되니까 과도하게 음식을 장만할 이유가 없고, 홍동백서니 어동육서니 하는 데 따른 비실용적인 과일과 찬거리를 준비할 일이 없어졌다. 가족들이 모여서 즐겁게 아침밥을 먹을 정도면 충분하다는 것을 알게 되었다.

식사를 준비하느라 어머니와 제수씨의 역할은 크게 줄어들지 않았지만, 식사 후에 설거지를 솔선수범하는 동생, 때로는 나도 점심이나 저녁 설거지에 나설 때도 있고 해서 여자들 일손을 덜어주는 역할도 가능해졌다. 차례를 지낸 후 제사 음식을 다시 옮기고 제기들을 닦아서 어딘가 보관하던 기억들, 연휴에 남은 음식을 조리해서 식사를 하고, 오전에 힘들게 일했던 여자들은 잠시 눈을 붙이고, 점심도 또 차례상 음식으로 한 번 더 먹곤 했던 일들이 이젠 까마득한 옛이야기처럼 되어버렸다.

이제는 설이나 추석 날씨에 맞춰 근처 공원으로 산책을 가기도 하고, 상암동 MBC 주변에 마련된 스케이트장에 가서 즐기기도 하고, 한강변 공원에 나가 바람을 쐬기도 하고, 명절 특수를 맞아 동시다발로 개봉되는 인기 영화들을 골라 보는 것으로 하루를 보낸다.

아직도 하루 전이면 고향으로 가 전을 부치고, 만두나 송편을 빚고, 햇과일이나 특별한 고기를 준비하는 옛 명절 모습을 간직한 집안들이 많다. 페이스북 등을 통해 올라오는 사람 많고 음식 풍족한 명절 사진들로 가끔씩 향수에 빠져들기도 한다. 그래도 식구끼리 단출하게 모여 앉아 정을 나누고 시간을 더 많이 보낼 수 있는 요즘 명절 풍경에 점점 마음이 끌린다.

만약 부모님께서 돌아가신다면 나와 동생은 어떤 형태의 명절을 가져갈 것인가. 기존 제사 방식에서 훨씬 간소한 형태로 변신할까, 아니면 둘 중 한 명이 기독교 신앙을 가지면서 추모 예배를 그대로 유지할까. 또는 완전히 제사와 예배 같은 기념 행위를 없애고 가족들끼리 놀러가서 조상님들 은혜를 마음속으로만 느끼게 될까. 아직은 가늠되지 않는 미래의 모습이다. 바라건대 앞날의 우리네 명절은 획일적인 조상 모시기 방식으로 유지할 것이 아니라, 조부모와 조손간 3대가 다양하게 이야기하고 나눌 수 있는 공간이 되었으면 한다.

25
능력 있는 아내의 남편이고 싶다

내 주변 지인 부부들을 보면 대부분 남편 외벌이로 살아간다. 자녀들 교육비, 집값 대출 그리고 생활비 등등 필수적인 지출 몇 개만 하고 나면 한 달에 본인이 쓸 수 있는 돈은 거의 없다고 넋두리하는 것이 보통이다. 나만 해도 그렇다. 딸랑 두 식구고, 공무원으로 정년퇴직하신 아버님 덕분에 부모님 용돈조차 신경 쓸 필요가 없지만, 월급을 받아 저축 좀 하고, 여기저기 지출하다 보면 어느새 눈덩이처럼 불어난 카드 명세서를 보고 깜짝 놀라게 된다. 카드 말고 통장에서 솔솔 빠져나가는 관리비며 가스비, 아들 학교로 자동이체되는 급식비와 방과후수업비 등도 만만치 않다. 가끔 회사생활을 그만두면 어떨까 하는 생각을 하다가도 이렇게 카드와 통장에서 빠지고 있는 돈의 규모를 볼 때마다 '참자, 참자'를 되뇌게 된다.

그러다 보면 문득 내 지인의 경우가 떠오른다. 이 친구는 내가 본 또래 여자 중에서도 남다른 능력자다. 통역대학원을 나왔고, 여러 군데 회사를 다녔지만 지금은 어떤 비영리단체 사무총장을 맡고 있다. 그녀가 PT를 했다 하면 웬만한 프로젝트는 십중팔구 수주를 한다고 한다. 아들과 딸, 두 아이를 잘 키워냈고, 자신과 잘 맞지 않는 딸아이와의 갈등을 풀기 위해 다양한 노력을 했고, 그 이야기를 책으로 엮으려 하고 있다. 여전히 식지 않은 학구열로 사회학 대학원에 다니고 있기도 하다.

그녀가 이렇게 집과 회사에 대해 안팎으로 최선을 다하는 동안, 남편 또한 국내 최고 회사를 잘 다녔다. 하지만 40대 후반에 들어서면서 다가오는 회사생활의 어려움, 조직에서의 갈등, 정체성에 대한 고민 등이 갑작스레 다가왔다. 그녀 남편은 꽤 오랫동안 고민을 했고, 그녀와 상의한 끝에 2년 전 회사를 그만두었다. 그리고 꿈꿔 왔던 이탈리안 음식점을 차리기 위해 요리학원을 다녔고, 식당에 취직해서 요리사로서 새로운 삶을 시작하고 있다.

그녀의 일상생활에는 '자신'이 없다. 늘 주변 환경에 휩쓸려 정신이 없다고 한다. 나는 그녀가 그렇게 사는 것을 찬성하지는 않는다. 그녀에게 좀 더 힘 있는 선택을 하라고, 가족의 짐을 모두 지고 가는 무거운 삶을 내려놓기를 조언하기도 한다. 하지만 나에게 그녀와 같은 능력 있는 아내가 있고, 남편이 하고자 하는 것을 지원해줄 아량을 가졌다면 얼마나 좋을까 하고 상상해보곤 한다.

나는 젊은 시절부터 자신의 일을 가진 아내를 꿈꿨다. 그런 능력 있는 여자와 결혼했다. 같은 업계에서 일하는 부부의 삶은 꽤 풍요로웠다. 이야기할 거리가 많았고, 경제적인 여유도 있었다. '이렇게 둘이서 20년만 벌면 나중에는 하고 싶은 걸 다 하면서 살 수 있겠는걸?' 하고 상상의 나래를 펼친 적도 있었다. 내가 하고 싶은 것이 있을 때 아내가 회사를 다니면서 지원하고, 만약 아내가 뭔가 하고자 하는 일이 있으면 내가 직장을 다니면서 지원하고. 그렇게 하다 보면 부부가 자아실현도 해가면서 경제적인 안정도 달성하는 일석이조의 관계가 되리라 믿었던 것이다.

드물지만 주변에 그런 부부들이 있다. 심지어는 남편이나 아내의 긴 해외여행, 해외유학을 지원해주는 경우도 보았다. 내가 꿈꾸던 아내는 다소 이상적인 면이 있다는 것을 인정한다. 그럼에도 불구하고 요즘처럼 회사 생활이 조금 지루해지거나, 내가 오랫동안 꿈꿔 왔던 길고 긴 해외여행 등을 상상할 때, 다소 능력자 아내가 있으면 좋겠다는 생각이 든다.

하지만 사람들은 잘 모르는 것이 있다. '내가 무엇이 되어야지만 이것이 가능할 텐데'라고 이유를 갖다 붙이는 순간 '앞으로 가능할 텐데'라는 그 일을 실현시킬 기회가 저만치 물러서 버린다는 사실을. 우리에게는 자신이 원하는 것을 하지 못할 이유가 수백 가지쯤 된다. 지금 내가 '능력 있는 아내가 있다면 이러이러한 것이 가능할 텐데'라고 생각하며 미루어둔 것들 가운데 실제로는 지금 당장에도 마음만 먹으면 할 수 있는 것들이 많다. 우리 삶에서 가장 큰 제약이 경제적인 것이라고 생각하는 많은 분들은 이 부분에 동의하지 않을 수 있지만, 도대체 우리에게 필요한 경제적 안정 수준의 잣대는 누구에게 있는가.

아마도 내가 원하는 능력자 아내는 경제적인 능력을 가진 아내가 아니라 내가 하려고 하는 것에 힘을 주고, 믿어주고, 그것을 무한한 사랑으로 대해주는 사람일 것이다.

제 4 부

위기의 중년 자유로운 영혼으로 즐기기

26
새해, 반복되는 결심

한 해가 새롭게 시작되는 날이다. 동생은 몇 년 전부터 새해 첫날 새벽에 인근 산을 찾아 신년 해맞이를 한다고 한다. 하지만 나는 최근 몇 년간 새해 첫날 7시 이전에 일어난 기억조차 없다. 오늘도 마찬가지였다. 부쩍 추워진 날씨를 실감하며 이불 속에서 뭉그적거렸다. 침대 옆 커다란 안방 창문을 통해 동녘 하늘이 보인다. 저 멀리 보이는 산자락 너머로 빨간 해가 조금씩 얼굴을 드러낸다. 붉은 태양의 원형은 힘을 솟구치게 만드는 뭔가가 있다. 그러고는 금방 하늘 위로 훌쩍 온전한 모습을 드러낸다. 새해 첫날이 시작되었다는 것을 실감했다.

아들과 단둘이 살기 시작하면서 우리는 휴일에는 대부분 아무것도 하지 않는다. 새해 첫날이라고 해도 예외는 아니었다. 우리 둘의 게으름에 대해 왈가왈부할 사람은 아무도 없다. 근처에 살고 계신 부모님께서 아침 9시가 넘을 무렵 전화를 하셨다. 아침 잘 챙겨 먹었느냐, 오늘은 뭘 하느냐 등 이것저것 물어보시다가 결론은 점심때 들러서 떡국을 먹고 가라는 말씀이다. 특별한 계획이 없다 보니 부모님 식사 초청에 흔쾌히 응했다.

배가 부르니 이젠 영화나 한 편 보고 올까 하는 생각이 들었다. 아들을 꼬셔보았는데, 아들은 영화 보러 가기 싫다고 한다. 나도 반드시 영화관에 가서 보고 싶은 개봉작은 없었다. 집에서 TV 채널이나 돌리고 있으려다가, 한 해의 시작을 이런 식으로 보내면 분명히 잠잘 무렵 허송세월한 느낌으로 괴로울 것 같았다. 무엇을 할 것인지 고민하다 뒷산이라도 쉬엄쉬엄 다녀오기로 했다.

자기 방에서 PC 게임에 여념이 없는 아들에게도 산행을 권해본다.

– 아들~ 새해 첫날인데 아빠랑 뒷산에나 한번 다녀올까?

– 싫은데요.

– 왜 싫은데?

– 그냥요.

'말이 짧은데'라는 반감이 들었지만 나는 너그러운 아빠니까 좀 더 참을성을 가지고 권해보았다.

– 낮에는 날씨도 춥지 않으니 운동 삼아 다녀오면 좋잖아. 아빠랑 걸으면서 새해 계획도 이야기하고……. 어때?

– 싫은데요.

– 왜 싫은데?

슬퍼 대디? 슈퍼 대디!

– 우선 이 게임을 해야 되고요, 지키지도 않을 새해 계획을 짜기보다는 그냥 매일 열심히 살려고요.

할 말이 없게 만드는 대답이다.

단칼에 아빠의 제안을 거절하는 자유로운 자기표현을 가진 나의 아들. 중3 겨울방학 때는 자신에게 남은 마지막 잉여의 시간이라고 선언한 후 매일 LOL('League of Legend'라는 인기 온라인 게임)만 하던 당돌한 사춘기 소년이다. 고등학교 때부터는 스스로 공부하겠다는 의지로 학원 한 번 다닌 적 없는 대견한 학생이다. 항상 주관이 명확하고, 필요하다 생각하면 스스로 하는 아이라 더 이상 아빠의 권유가 통하지 않는다. 가끔은 내 교육방침이 효과적일까 하는 의구심이 생기기도 한다.

까칠한 아들과 함께하기를 포기한 채 나 홀로 길을 나선다. 뒷산은 내게 너무나 익숙한 곳이다. 1년에 한두 번 올까말까지만 초등학교 시절부터 아버지, 할머니, 외삼촌 등과 함께 오르내리던 추억이 어린 곳이기도 하다. 아들과도 가끔 같이 온 적이 있다. 도심은 하루가 다르게 변하고, 살고 있는 곳도 예전 느낌을 그대로 간직한 곳이 점점 줄어들지만, 뒷산만큼은 크게 변하지 않은 모습으로 나를 편하게 해준다.

날씨가 다소 추웠지만 오후의 햇살 덕분에 비탈길을 조금 오르다 보니 금세 후끈해진다. 허벅지와 장딴지가 빽빽한 느낌이 들었다. 건강에 대해 매년 초 별의별 계획을 세우고, 꼭 다이어트를 하고 날씬한 몸으로 돌아가겠다고 다짐을 하곤 했지만 이렇게 등산을 하다 보면 내 체력이 해마다 약해지고 있음을 느낀다. 올해도 역시 조금 더 날씬한 모습이 되길 바라고, 자전거나 줄넘기 등을 통해 평소 체력을 기르고 건강을 유지해야겠다는 새해 계획을 떠올린다. 그러려면 반드시 좋아하는 술도 조금 줄여야겠지. 과음을 하진 않지만 맥주나 와인 같은 다양성을 갖춘 주류를 즐기다 보니 남들 못지않게 술자리가 많은 편이다. 이젠 조금씩 그 빈도와 양을 줄여야겠다.

새벽녘에 해돋이를 보기 위해 이 동산에도 많은 이들이 올랐을 것이다. 늦은 오후인 지금은 나처럼 게으른 베짱이 같은 분들이 한두 분 눈에 띈다. 부모님보다는 좀 더 젊어 보이는 노부부가 정상에 올랐다가 내려가는 모습을 보았다. 평상시엔 느끼지 못하다가 이런 한적한 공간에서 한 쌍의 부부를 만날 때면 어쩔 수 없이 그들에게 눈이 간다. 그들의 모습이 너무 행복하고 사랑이 넘쳐 보이면, 나 또한 새롭게 시작할 사랑에 대해 갈망하고 올해는 꼭 사랑하는 사람을 만나야지 하다가도, 그냥 같이 다니고 있을 뿐 대화도 없이 서로의 길을 묵묵히 올라가는 부부를 볼 때면 내가 겪는 싱글 라이프가 마냥 소중하고 지금을 최대한 즐기자는 생각이 들 때도 있다. 참으로 나란 인간은 간사하다.

그리 높지 않은 동산 같은 곳이라 한 시간여 남짓에 정상에 올랐다. 가쁜 숨과 약간의 땀이 흐르는 느낌. '딱 좋아'라는 혼자만의 대화가 시작된다. 산은 재미있는 곳이다. 오르막길이 있고 내리막길이 있다. 오르막길을 힘들게 오를 때면 내가 왜 여기 와서 이러고 있나라는 후회를 하곤 한다. 하지만 능선을 지나 꼭대기에 올라 주변 경치와 동네를 내려다보고 있으면 스스로에게 큰 자유를 선사한 것 같은 기쁨이 생긴다.

우리 동네 뒷산은 적절하게 오르막과 내리막이 반복되어 크게 힘들지 않다. 힘들다가 여유가 있고, 여유 있다가 조금 힘들고, 그렇게 반복하면서 기분이 오르락내리락하는 순간에 정상에 도달한다. 우리의 삶도 결국 그렇지 않은가. 내가 맞이할 올 한 해도 그러리라 믿어본다.

올해는 고3이 되는 아들과 함께 살아갈 시간이 기대되고, 한편으론 대입을 준비하는 시작점이다. 내가 잘 지원할 수 있을까 하는 걱정이 있다. 언제나 그랬듯이 싱글로서 새로운 인연을 만나고픈 소망도 있다. 내가 하는 일과 나의 미래를 위한 재정적이고 능력적인 측면의 자기계발 욕구도 있다. 이 모든 것에 대해 조금씩 생각해볼 좋은 시간이었다. 어린 시절 아버지를 따라 정상에 올라, 치기 어린 '야호' 함성을 날렸던 기억이 떠올랐다. 비록 크게 소리 지르진 못했지만 마음속으로, 아니 나만 들을 수 있는 목소리로 내가 겪을 올 한 해를 위해 함성을 지른다.

"야~~~~ 호~~~~."

27
머리털 빠지는 남자

■ 최근 몇 년간 개인 사진을 찍는 것을 거부해왔다. 요즘처럼 SNS를 통해 자신을 표출하기 좋은 시대에 나는 유독 경치 사진만 올리며 내 심정을 끄적거리는 것이 보통이었다. 실상 젊었을 때도 그렇게 인물 사진 찍기를 즐기진 않았다. 내 사진에 대해 그다지 만족해본 적이 없었고, 시간이 한참 지나 몇 년 전 사진을 보고서야 '이때는 그래도 괜찮았네' 정도로 반응하는 것이 대부분이었다.

가끔 자신의 사진을 공개적인 SNS에 올리는 지인들을 보면서 '이 친구들은 정말 자신의 외모에 자신감이 있구나'라고 판단하곤 했다.

우연히 오늘 내 페이스북에 뜬, 몇 년 전에 올린 사진을 보고 깨달은 것이 있었다. 10년 전에 찍었던 사진인데, 생각보다 괜찮은 느낌이 들었던 것이다. 얼굴이야 요즘은 안경을 항시 착용한다는 것 말고 그때나 지금이나 많이 다르지 않은데 왜 전체적으로는 확 달라 보이지 하다가 발견한 것이 바로 머리카락이었다.

그렇다. 10년 전 내 사진과 요즘 내 사진의 가장 큰 차이점은 머리카락이 주는 볼륨감이었다. 어쩐지 모자 쓰고 찍은 사진은 항상 이만하면 나도 봐줄 만하다라는 생각이 들곤 했는데, 모자 없이 찍은 사진은 왠지 예전의 나와는 다르다고 느꼈다. 항상 곱슬거리고 뻣뻣하기만 했던 머리카락이 이렇게 소중해지는 날이 올 줄이야.

머리카락에 대해서는 안타까운 심정으로 할 말이 많다. 나도 한때는 머리카락이 너무 굵어 빗질하기가 힘들었던 시절이 있었다. 초등학교부터 고등학교 때까지 친구들과 장난으로 하던 머리카락 싸움에서 늘 승이 패보다 많았다. 젊은 시절에는 아침에 머리 빗고 아무런 보조적인 미용제품을 쓰지 않아도 빗은 상태의 머리카락이 퇴근 때까지 그대로 유지되곤 했다. 웬만한 강풍에도 끄떡없이 버틸 만큼.

그런데 그 강하고 굵고 튼튼했던 머리카락이 어느 순간부터 너무 부드럽게 변했다. 미장원에서 미용사 아가씨에게 "손님 머릿결이 너무 부드럽고 가늘어요"라는 이야기를 들었을 때, 처음엔 그것이 칭찬인 줄 알았다. 어린 시절 내 소망은 고갯짓 한 번에 옆으로 착 올려 붙어지는 그런 머리카락을 갖는 것이었기 때문이다. 반곱슬이라는 이유만으로 고집이 세 보인다는 말도 얼마나 많이 들었던가. 그랬던 내가 부드러운 머리카락을 소유하게 되었으니, 꿈에 그리던 상태가 된 것인데 내 기분은 전혀 좋지 않았다. 이제는 그런 부드러운 머리카락 사이로 허연 두피가 점점 드러나 보이기 시작했기 때문이다.

6년 전 여름 중국 출장을 갔다가, 같이 간 임원에게 "자네 머리가 왜 그렇게 허옇게 비었어?"라는 말을 듣고 심각함을 최초로 인지했다. 이럴 수가. 우리 집에는 대머리 유전자가 없는데 왜 그러지? 이렇게 잠시 방황했다. 동생들은 여전히 풍성하고 굵고 숱이 넘치는 머리를 보유하고 있는데, 왜 몇 살 차이 안 나는 나만 이렇게 머리가 빠지고 있는 걸까? 스트레스를 많이 받았나? 일이나 사람 관계로 스트레스를 그다지 받지 않는 내가 왜 이렇게 된 거지? 혹시 이혼하는 과정에서의 스트레스가 그동안 보유했던 많던 터럭들을 다 빠지게 만들고, 강하고 굵은 머리카락 체질마저 바꾸어버린 걸까? 이혼을 택하게 한 아내가 미워지는 순간이었다.

하지만 이성을 회복한 후 다시금 면밀히 분석한 결과, 이것은 나름 유전이라 할 만했다. 아버지는 젊어서부터 M자형 후퇴를 보여주셨고, 50대부터는 확실히 앞머리가 넓어졌다. 그리고 칠순이 넘은 지금에는 반짝이는 대머리는 아니어도 귀밑머리와 뒷머리를 제외한 다른 부분은 거의 속이 다 보이는 수준이다. 반면 작은아버지들께서는 여전히 숱이 넘쳐나는 머리카락을 보유하고 계신다. 이런 식이라면 아버지 3형제께 발생한 머리카락 상태의 상이함이 우리 형제에게 일어나지 않으리란 법은 없었다.

재수 없게도 아버지의 DNA 중 맘에 들지 않는 부분이 나에게만 유전된 것이다. 현실을 인식하고 대책을 제대로 세워야만 했다. 우선 어머니께 상의를 드렸다. 어머니께서 검은콩과 깨, 하수오 등을 위주로 구성된 환을 제조해서 장복하면 머리카락 빠지는 것을 방지하는 데 특효가 있다는 정보를 얻어 오셨다. 나는 주저함 없이 그 방법을 선택했다. 그리고 벌써 수년째 장복 중이다. 하지만 내 머리는 여전히 늘어나지 않았다. 아주 조금씩 조금씩 뭔가 더 성겨지고 있음을 발견할 뿐.

민간요법으로 해결되지 않으니 양약 계열로 넘어가 샴푸도 바꿔보고, 두피에 좋다는 비누도 써봤다. 가장 좋은 방법은 항상 청결을 유지하는 거라고 해서 저녁에 자기 전에 억지로 머리를 감기도 했지만 눈에 띄는 성과는 없었다. 결국 묵혀두고 쓰지 않았던 최후의 방법을 택하지 않을 수 없었다. 남자 자존심상 이것만은 뒤로 미루고 싶었던 방안이 하나 있다.

그것은 바로 부작용으로 인해 성적 기능에 장애를 일으킬 수 있으나 그런 경우는 2~3%에 불과하다는 '프로xxx'라는 약을 복용하는 것이다. 나는 이 약을 몇 년 전에 복용해본 적이 있었다. 약값이 다소 비싸긴 했지만 임원에게서 머리 속이 하얗다는 소리를 듣고, 내 머리를 거울로 비춰보고 나서는 꽤 심각한 수준이라는 것을 알았다. 그래서 부랴부랴 발모에 가장 좋다는 약을 섭취해본 것이다. 그런데 문제는 이 약의 발모 효능을 제대로 알기도 전에 바로 이 약의 부작용이 무언지를 인식하게 된 것이다.

부작용은 바로 '발기부전'이었다. 섹스를 하고자 하는 의지가 있음에도 신체적으로 따라주지 않는 경우는 여러 가지다. 하지만 과음이나 과로, 심리적 불안정이 전혀 없음에도 발기가 잘 이루어지지 않는다면, 이것을 발기부전이라고 할 것이다. 나는 그런 부작용을 직접 겪을 일이 없지만 아주 묘하게 내 상태가 평소와 다름을 느끼게 되었다. 여전히 체력도 관리하고, 자전거도 열심히 타면서 남들은 그냥 '비만'인 줄로만 알고 있지만 나름 건강함을 유지하고 있었다. 그런데 '프로xxx'를 복용한 이후부터 내 몸 일부분이 내 뜻과 상관없이 존재감을 잃기 시작한 것이다.

처음에는 아침마다 느껴지는 기분이 조금 달랐다. 최근 음주가 많아서 그런가 보다 생각했다. 그런데 남자라면 흔히 경험하는 외부에서 들어오는 시각적 자극에 대한 반응이 매우 약해졌다. 아니 솔직히 말하자면, 시각은 나의 발기와는 무관한 상태가 되었다. 아주 근접거리에서 느껴지는 여인의 향기와 부드러운 스킨십이 아니고는 발기가 쉽지 않았다. 싱글로 사는 내게 발기라는 것이 그다지 필요한 것은 아니다. 솔직히 연례행사처럼 어쩌다 기회가 올 뿐이었다. 그렇지만 남자의 자존심과 같은 발기력을 담보로 머리카락을 유지하고 싶진 않았다. 나는 결국 몇 달쯤 지나서 '프로xxx' 복용을 중단했다. 그 대신 꾸준히 생약성분 환약을 복용했다. 하지만 내 머리는 시나브로 줄어들어 갔다.

나는 다시 한 번 내 의지로 탈모를 해결하려 했던 것이 미련했음을 알았다. 현재 상태에서 필요한 것과 필요하지 않은 것을 정확히 판단할 필요를 느꼈다. 짝꿍도 없는 내가 굳이 발기력을 유지하기 위해 머리카락을 포기한다는 것은 소탐대실이라 판단했다. 결국 나는 풍성한 머리카락을 위해 남자의 자존심과 같은 발기력을 포기했다. 이제 3개월이 흘렀다. 요즘도 가끔씩 거울 두 개를 이용해 내 머리를 비춰보곤 한다. 그렇게 하얗다는 느낌이 들던 정수리 부분이 조금씩 검어지고 있다. 머리카락이 두꺼워지고, 머리를 손으로 넘길 때면 예전과 달리 머리카락이 내 손가락 힘을 거부하려는 의지가 느껴진다. '아~ 그래 이것이었어. 바로 이게 내 머리카락이야.'

그렇다. 나는 겉으로 잘 보이려고 속으로 부실함을 감수했다. 실로 한심한 선택임을 알지만 아직까지 나는 겉으로는 멀쩡해 보이고픈 속없는 돌싱이다.

28
나도 슬림핏을 입길 원한다. 끝없는 다이어트

대한민국에서 다이어트 열풍은 멈출 줄 모른다. 이것은 성형 인기와도 맥락을 같이 하는 면이 있다. 누군가에게 잘 보이려고 하는 많은 노력들, 어쩌면 불필요한 것이기도 하고 한편으로 낭비이기도 하다. 자존감이 약한 자들의 영역이라 치부되기도 한다.

나는 고등학교 시절에 살이 많이 쪘었다. 1학년 겨울방학 때 야외활동은 않고 무협지만 봤던 때문이다. 그 살이 원상 복귀되는 데는 군 제대까지 6~7년의 시간이 걸렸다. 그 기간 동안 나는 꽤 심한 좌절감에 빠졌다. 남 앞에 나서기가 싫었다. 의욕상실이 같이 왔고, 성적 하락을 비롯해서 사회적 활동 범위도 제한되었다. 다행히 군 생활관에서 규칙적으로 운동을 한 결과 적정 몸무게를 회복하고 제대했다. 덕분에 제대 후의 대학생활은 예전과 달랐다. 하지만 이미 놓쳐버린 1~2학년이 너무 아쉬웠다. 그래서 나는 항상 살이 찌는 것을 두려워해 왔다.

결혼 이후 조금씩 불어나던 체중은 이혼 후에도 멈출 줄 몰랐다. 운동을 한답시고 여러 방법을 써봤지만 수시로 찾아오는 회식, 별로 움직이지 않는 회사 업무, 그리고 업무적 스트레스를 주로 간식으로 푸는 나에게 체중 감량은 너무나도 어려운 일이었다. 그렇게 야금야금 불어나던 체중이 드디어 80킬로그램이 되었을 때 나는 다이어트 약을 복용하는 최후의 한 수를 두었다. 그렇게 해서 두 달 만에 10여킬로그램을 감량하고 제대 시절의 몸무게를 회복했다. 이때 기분은 아주 묘했다. 단시간 다이어트로 얼굴은 망가졌는데 몸은 젊음을 되찾은 것이다. 당시 유행하던 스타일의 양복을 입고 그것이 몸에 맞는다는 것을 알게 된 순간의 환희, 이것은 경험해본 자만이 아는 것이다.

나는 그때부터 항상 내 이상적인 옷을 슬림핏으로 설정해두었다. 하지만 단시간의 다이어트는 반드시 요요현상을 부른다. 버티고 버틴다고 노력했지만 체중은 다시 야금야금 불어갔다. 체중 감량 후 샀던 양복들은 허리 살이 삐져나오고 배가 불편해서 더 이상 입을 수 없게 되어버렸다. 그래서 그보다는 몇 킬로그램쯤 올라간 상태로 겨우겨우 유지하면서 살았다.

양복도 적정 수준의 슬림핏으로 타협하고 입었다. 주말이 지나고 월요일이면 배가 답답하고 짜증이 나는 옷맵시로 시작했다가 금요일쯤 되면 겨우 약간 편해지는 수준으로 가고, 그것이 매주 반복되는 일상을 살았다. 주중에는 점심식사를 대충 때우는 식으로 먹었고, 저녁에 모임이라도 있는 날이면 점심은 거의 거르다시피 했다. 그래야만 겨우 슬림핏 옷을 입을 정도가 되었다. 하지만 살은 한 번 상향곡선에 오르면 매해 조금씩이라도 증가되기

십상이었다. 게다가 나이가 들어가는 탓인지 똑같은 양의 운동을 해도 체중 감량 효과는 점차 미미해져 갔다.

올해부터 회사 출근 복장이 자율화되었다. 20여 년 이상 양복을 입고 출퇴근하는 삶을 살았다. 가끔 비즈니스 캐주얼을 입고 다닌 적도 있었지만 대부분은 양복이었다. 이젠 공식적으로 자유복장이 가능해졌다. 청바지에 운동화를 신고도 출근할 수 있는 상황이 온 것이다. 내가 가장 꿈꾸는 직장의 모습 중 하나가 바로 자유복장 출근이었다. 출근 복장 자유화는 회사를 일하러 가는 곳이라기보다 내 창의성을 발휘하러 가는 곳인 듯 여겨지게 만들었다.

그런데 자유복장이 되면서 양복이라는 테두리로 겨우 감춰두었던 내 속살들이 드러나기 시작했다. 사라져버린 근육 사이로 부피가 큰 지방질이 자리 잡았고, 뭘 입어도 예전 같은 태가 나지 않았다. 나는 또다시 비만으로 인한 고질적인 의욕상실이 다가오고 있다는 것을 느꼈다.

또 한 번 외부 힘을 빌어 다이어트를 시작했다. 한 달 이상 제대로 먹지도 않고, 좋아하는 와인 모임도 절제하면서 얻어낸 결과는 만족스러웠다. 역시 나는 돈을 들이면 돈이 아깝다는 생각으로 실천에 옮기는 경향이 강했다. 이렇게 돈과 시간과 노력을 들인 덕에 이젠 자유복장 또한 조금은 실루엣이 있도록 입을 수 있다. 몸짱 사원들처럼 근육을 강조할 것도 없고 팔다리 길고 키 큰 사원들처럼 패셔너블한 수준은 아니지만 그래도 둔해 보이는 옷태가 아니고 젊은 사원들과 섞여서도 꿀리지 않는다는 생각으로 출퇴근하고 있다.

다이어트, 이 네 글자의 의미는 과연 무엇일까? 그저 조금 먹고 많이 운동하면 되는 뻔하고 확실한 방법이 있으면서도 절대로 달성하기 어려운 이 가벼운 경지. 남들은 중년이면 중후한 멋이 있어야 한다며 절대 살을 빼지 말라 하고, 또 누구는 살 뺀다고 건강한 것도 아니라면서 다이어트 무용론을 들며 격한 반대를 한다. 하지만 남에게 잘 보이고 싶고, 내 스스로 날렵한 사람으로 보이고픈 중년 아저씨인 나는 유행이 계속되는 한 슬림핏 양복과 캐주얼을 입고 싶다. 유행에 뒤떨어지지 않고 늙어가고 싶은 중년 부장님의 소박한 소망이다.

29
추남의 오텀 리브스

중학교 시절 친구들 사이에 인기가 있었던 포르노 만화의 제목은 《오텀 리브스를 부르는 처제》였다. 뭔가 야한 이야기를 하자는 것이 아니다. 핵심 단어는 오텀 리브스(Autumn Leaves)일 뿐이다. 당시에는 오텀 리브스가 무엇을 의미하는지 몰랐다. 가을과 낙엽이 합쳐진 영어라는 인식이 전혀 없었다. 그것이 속칭 빨간책의 제목이어서 그랬는지 모른다. 세월이 한참 지나고 해외 음악을 어느 정도 듣고 나서야 '오텀 리브스'라는 샹송과 팝송이 있고, 수많은 명가수들이 이 노래를 불렀다는 것을 알았다.

'고엽'(枯葉)이라고 번역되기도 하는 이 노래는 누가 불러도 심금을 울리는 매력이 있다. 나는 담백하게 자신의 안타까움을 표현하는 내킹 콜이 부르는 곡도 좋아하고, 포크 기타를 치며 조금 더 애절하게 부르는 에바 캐시디의 곡을 제일 선호한다. 그런데 요즘의 나에겐 가을이 되면 오텀 리브스보다 훨씬 더 귀에 들어오는 사랑 노래가 있다.

가을만 되면 우리는 떨어지는 낙엽을 보며 스산함을 느낀다. 덥고 화창하기에 특별히 걱정할 것이 없는 여름 - 요즘은 전기료 적게 내면서 어떻게 무더위를 견뎌낼까가 큰 고민이긴 하지만 - 을 보내고 나면, 아주 짧지만 너무나 청명한 가을 하늘을 느끼게 되고, 바로 으슬으슬 추워지는 겨울로 들어서게 된다. 거리에 떨어진 은행잎 더미를 보며 떠오르는 노래는 바로 김조한의 '사랑에 빠지고 싶다'이다.

운동을 하고 열심히 일하고 주말엔 영화도 챙겨보곤 해
서점에 들러 책 속에 빠져서 낯선 세상에 가슴 설레지.

그렇다. 나는 40대 후반 대한민국 중년 남자로서 그 누구보다 행복한 삶을 살고 있다고 생각한다. 자전거 타기를 비롯해서 평상시 운동을 통해 적정한 건강을 유지하고 있고, 주말에는 어김없이 신작 영화나 평판 좋은 예술 영화를 즐기는 모 영화관의 VVIP 회원이다. 책 읽기를 즐기고 음악도 클래식에서 힙합까지 두루 섭렵하고 있어, 지겨울 때가 없다. 뭐든 즐길 준비가 되어 있는 셈이다. 내가 세상을 살아가는 큰 힘은 내 호기심에서 나온다고 이야기할 정도로 새로운 것에 신나 하고 나름 도전을 즐기는 회사원이다.

이런 인생 정말 괜찮아 보여. 난 너무 잘 살고 있어. 헌데 왜 너무 외롭다. 나 눈물이 난다. 내 인생은 이토록 화려한데 고독이 온다. 넌 나에게 묻는다. 너는 이 순간 진짜 행복하니?

슬퍼 대디?
슈퍼 대디!

그런데 이놈의 가을만 되면 아무리 나 자신에게 '너 잘 살고 있다. 가족들과도 행복하다. 든든한 아들은 모두 자기가 알아서 잘 해 나가고 있다' 이렇게 세뇌를 해도 불현듯 치밀어 오르는 외로움을 통제하기 어렵다. 찬바람이 불어대는 새벽 출근길, 한기가 느껴져 옷깃을 여미게 되는 저녁 퇴근길, 주말에 찾은 동네 공원길의 스산함 등이 이 노래와 함께 나를 고독하게 만든다. 그리고 노랫말처럼 나에게 자연스럽게 반문하게 된다. "창영아 너 정말 행복하니? 눈물이 나도록 외로운데 그렇지 않은 척하는 거 아니니?"

너는 이 순간 진짜 행복하니? 난 대답한다. 난 너무 외롭다. 내가 존재하는 이유는 뭘까? 사랑이 뭘까? 난 그게 참 궁금해. 사랑하면서 난 또 외롭다. 사는 게 뭘까? 왜 이렇게 외롭니?

우리는 어쩌면 혼자일 수밖에 없는 존재이다. 그러니 누군가와 즐거운 시간을 보내더라도 외로움이 밀려올 때가 있다. 행복이 넘치는 순간에도 외롭고 힘들기도 하다. 심지어 김조한의 가사는 사랑을 하면서도 외롭다고 말한다. 사랑해주는 이가 있음에도 내 존재이유를 찾고 있다. 어쩌면 내가 외로운 것은 당연한 것인지도 모른다. 하물며 나는 사랑하는 이조차 없다. 내가 사랑할 수 있는 사람도 없고, 나를 사랑해주는 사람도 없다. 물론 여기서 사랑은 남녀 간의 사랑이다.

정말로 공감 가는 가사는 바로 마지막 이 부분이다.

또다시 사랑에 아프고 싶다.

사랑, 시작하기 전에는 너무 설레지만 막상 시작하면 힘들고 괴로워서 괜히 시작했다고 후회하는 그것. 하지만 가을밤 내 소망은 바로 이것이다. 사랑에 아픔을 느끼고, 눈물을 흘리고, 누군가를 갈구하고 싶다. 그런 감정을 갖고 있던 시절이 너무나 그립다.

30
혼자 놀기의 달인을 꿈꾸다

■ 10월은 역시 천고마비의 계절이다. 드높은 파란 하늘이 어디론가 훌쩍 떠나고 싶은 마음을 부채질한다. 방송에서는 오늘 아침 서울을 떠난 차량 숫자가 10만이 넘었다고 한다. 다들 어디로 그렇게 나가는 걸까? 누구랑? 수많은 사람들이 산과 들과 바다로 떠나는 주말 내내 나는 홀로 집에 있었다. 아들은 아주 오랜만에 외갓집에 갔다. 최근 몇 달은 아들의 외할아버지가 병원에 계셔서 가지 않았다. 아내가 아들과 연락을 하고 지내는지 나는 관심이 없다. 내가 아는 한 아들은 가끔 엄마와 카톡을 하고, 직접 만나는 일은 많지 않다. 외할머니와 연락하며 외할머니 댁에 가끔 갈 뿐.

주말이면 아들녀석을 챙기려고 집에 있는 것이 일상이 되었다. 아들이 어렸을 때부터 차를 몰고 야외로 나가는 대신 집 주변 월드컵공원이나 한강공원, 영화관 등을 다녔다. 아들이 어느 정도 성장한 후에는 단둘이서 국내를 돌아다닐 기회가 없었다. 나도 습관적으로 집에 있는 편이고, 아들과 자전거를 타거나 영화를 보지 않을 때면 다양한 나만의 놀거리로 시간을 보낸다. 만약 아들이 외갓집으로 1박 2일 간다는 것을 미리 알았다면 누군가와 만날 약속이라도 잡았을 텐데 미처 그러지도 못했다. 토요일 점심 이후부터 나 홀로 보내는 시간이다. 이런 시간이 주어지면 나는 주로 다음과 같은 걸로 시간을 보낸다.

1. 영화관에 간다.

영화관을 찾는 것은 이동시간과 관람시간을 포함해 세 시간쯤을 가장 멋지게 사용하게 해준다. 영화관에서의 컴컴한 두 시간을 혼자서 즐기게 된 것은 이혼 소송을 내고 나 홀로 방황하던 시절에 얻은 습관이다. 왜 이런 일이 일어났는지, 앞으로 어떻게 살 것인지, 주변에서 나를 어찌 볼 것인지 등 머리가 복잡해서 터질 지경일 때, 극장에 가 있으면 모든 것을 잊을 수 있었다. 어두운 극장 안에서 누구도 나를 알지 못하고, 내가 누구인지 중요하지도 않은 무명씨의 공간을 즐길 수 있음에 감사했다. 그 후로 나는 영화를 가장 최고의 취미로 즐기게 되었다. 유명한 모 극장 체인의 VVIP가 된 지 몇 년째이기도 하다.

2. 책을 읽는다.

나는 SF 소설과 판타지 소설이 좋다. 현실을 배경으로 하지 않는 시간과 공간에서 주인공들은 내가 미처 상상하지 못한 일을 겪고, 이겨내고, 성공한다. 자신이 원하는 것을 성취하는 과정에서 나는 소설 속 주인공이 되어 혼자 흥분하고 공감하고 스릴을 느낀다. 일본 소설도 선호한다. 일본이라는 나라의 정서는 미묘하게 우리와 다르다. 국내 소설 주인공의 성격 특성을 100이라고 정의한다면, 일본 소설 주인공은 70~80만 자신을 드러낸다. 내 표현으로 쉽게 말하면 뭔가 나사가 빠진 부분이 있어 보인다는 것이다. 그런데 특이한 것은 국내 소설보다 읽기가 편하다. 에피소드도 자극적이지 않고 평범한데, 그로부터 오는 공감이 아주 은근하면서 오랫동안 여운이 남는다.

일본 소설 주인공 같은 이를 내 주변에서 찾긴 어렵다. 사회든 사랑이든 가족관계든 내가 겪은 한국 상황에 조금씩 못 미치는 글을 읽으면서 묘한 동질감을 느낀다. 근본적으로 일본인들은 외로운 것이 틀림없다. 나도 외롭고.

3. 자전거를 탄다.

건강을 위해 자전거를 탄다고 하지만 음악을 듣기 위해서 타기도 한다. 우리 집에서 불광천 자전거 도로를 따라 10여 분만 달려주면 한강이 나온다. 거기서부터 남쪽이든 북쪽이든 방향을 잡고 자전거를 타면 한강의 푸른 물과 강변을 지나는 수많은 사람들과 내 귓가에서 들리는 음악소리의 삼위일체가 나를 한없이 행복하게 만든다. 우연히 과거에 즐겨 듣던 명곡이라도 흘러나오면, 이 순간이 영원하면 좋겠다는 마음이 들 정도다.

나는 특정한 라디오 프로그램을 유난히 좋아한다. '배철수의 음악캠프'가 그것이다. 나의 감성에 딱 맞아 떨어지는 음악이 자주 나온다. 하지만 6시 이후의 방송이라 날 좋은 초여름과 초가을 정도가 아니면 즐기기 어렵다는 단점이 있다. 자전거는 음악을 빼고도 운동의 기쁨과 한강의 모습과 바람 속을 누볐다는 성취감을 가져다 주는 좋은 취미임에 틀림없다. 다치지 않게 조심해서 타는 것이 중요하다.

4. 와인을 마신다.

혼자 먹는 술은 맛이 없다고 하는 분들이 있다. 내 기준에서 와인은 술이 아니다. 음식이다. 집에서 홀로 따라 마시는 와인은 여럿이 어우러져 마시는 와인에 미치는 못하는 경향이 있다. 그렇지만 독특한 매력이 있다. 우선 나 홀로 탐구하고 나 홀로 평가한다. 어디선가 경험해본 듯한, 하지만 딱히 집어낼 수 없는 아로마와 부케의 향과 신맛, 단맛, 쌉쌀한 맛이 복합된 드라이한 와인을 마시다 보면 어느새 소파에 누워 잠들어 있는 나를 발견한다. 와인의 장점은 별다른 안주 없이 편하게 마시고, 그 기운으로 한두 시간의 단잠까지 보장된다는 점이다. 너무 많이 마시면 휴일을 잠만 잤구나 하며 자책하게 만드는 원인이 될 때도 있다.

5. 음악을 듣는다.

스마트폰의 스트리밍 음악이 일반화되었다. 내가 듣고자 하는 음악을 적당히 검색하여 듣는 것도 시간 보내기엔 정말 좋다. 특히 앞서 말한 책읽기와 자전거 타기, 와인 마시기 등과 병행할 수 있어 더욱 좋다. 하지만 가끔은 다른 것을 제쳐놓고 음악에만 집중하는 경우도 있다. LP나 CD 등 이미 내가 모은 노래를 선곡하며 들을 때이다. 수집했다고 하기엔 초라한 수준의 컬렉션이지만, 수백 장의 음반들을 보고 있으면 신기하게도 한 장 한 장이 어디서 샀고, 내가 그 노래를 언제 주로 들었고, 누군가에게 선물로 녹음을 해줬고 하는 과거의 추억이 떠오른다. 가장 열정적으로 음악을 들었던 대학 신입생 시절부터 대학 졸업 때까지를 추억하며 홍겨워하기엔 음악 듣기만 한 것이 없다. 이런 나를 볼 때 최근 유행하는 복고 열풍이 어디서 기인되었는지를 알게 된다. 나에게 가장 황금 같았던 청춘을 떠올리게 하는 것은 의외로 추억의 사진이 아니라 낡고 손때 묻은 앨범 한 장이다.

6. 혼자 걸어본다.

동네에 있는 불광천은 수년 전부터 정수기능이 잘 되어서인지 불쾌한 냄새가 나지 않는다. 깨끗해 보이진 않지만 청둥오리 가족이 돌아다니고, 긴 다리 왜가리가 물고기 한 마리를 잡으려는 듯 집중하고 있는 모습을 볼 수 있다. 많은 비가 왔을 때는 역류해서 한강으로 돌아가지 못한 잉어들이 헤엄치는 모습도 볼 수 있다. 아버님께서 산란기에는 잉어들이 산란을 위해 한강 하류에서 거슬러 올라오기도 한다고 하신다. 정말 이 개천에 물고기들이 돌아다니는 모습을 보게 되었다는 것은 어린 시절 이곳이 어떤 상태였던가를 기억하는 나에겐 참으로 신기하기 그지없다. 개천가 산책길을 따라 쭉 가다 보면 이처럼 평온하게 살고 있음에 대한 행복함과 감사함을 느낀다. 내가 있는 이 순간에 만족하며 산다는 것이 얼마나 기쁜 것인지 깨닫는다. 그러다 만나게 되는 한강의 큰 물줄기는 카타르시스라도 주듯이 넓고도 평화로운 무념무상에 빠져들게 만든다. 원하는 것이 있다면 물소리가 콸콸 들리는 것인데, 그것까지 바라려면 어딘가 심산유곡을 찾아야 할 듯하니 시간 대비 효과로 이 정도가 딱 좋다.

7. 글을 쓴다.

글을 쓴다는 것은 나에겐 큰 소원 같은 거였다. 고1 때 무협지를 보면서 재미있는 소설가가 되기를 꿈꿨고, 그 후로 만나게 된 아이작 아시모프,

J.J.R. 톨킨 등 SF와 판타지 소설의 거장들이 나에게 영감을 주었다. 이제는 소설가라는 꿈보다는 내가 쓴 글을 통해 독자들과 소통하고, 그 영향력으로 사람들의 변화를 이끄는 존재가 되기를 원하고 있다. 항상 작가가 되고 싶은 소망이 있었지만 실제로 행동에 옮긴 것은 얼마 되지 않아 아직 시작단계에 불과하다. 내가 생각했던 것을 블로그에 적어보고, 나만의 온라인 카페에 적고, 글쓰기 노트에 끄적거려 보는 것은 내 생각을 정리하고, 추억을 보관하고, 내 미래를 그려 나가는 데 도움이 된다. 아직도 나에게는 소설가의 꿈이 남아 있다. 나이가 들더라도 한 편의 명작을 남길 수만 있다면 얼마나 좋겠는가. 상상만 해도 가슴 뛰는 일이다.

이렇듯 누군가를 만나지 않아도 내가 느끼는 시간의 가치를 충분히 만끽하게 만드는 일들이 많다. 시간이 나서 누군가를 만나러 나가면 무척 즐거운 것 같으면서도 내적으로는 채워지지 않는 공허함을 느낄 때가 많다. 몇 시간쯤 떠들썩한 공간에 있다 보면 더욱 그 이후의 홀로 된 상황을 받아들이기가 힘든 것이다. 반면에 나 홀로 보내는 시간은 이미 소진해버린 나의 에너지를 채우는 느낌이 든다. 소비적이 아니라 생산적이다. 최근에 일본 사람이 쓴 《혼자 있는 시간의 힘》이라는 책도 이처럼 혼자 사유하거나 즐기는 시간의 가치를 더욱 높게 평가하고 있다.

우리의 삶에서 사람이란 정말 소중하다. 등산, 여행, 자전거 등등 모든 것들이 누군가와 함께할 수 있는 것들이다. 함께하는 시간만큼 내가 쓸 수 있는 시간을 진정 나만의 것으로 가져오면 우리가 생각지도 못한 새로운 기쁨을 얻는다. 같이 하는 것과 혼자 하는 것을 잘 조절할 수만 있다면 그보

슬퍼 대디?
슈퍼 대디!

다 좋은 것이 어디 있으랴.

혼자 놀기의 달인이 된다는 것, 혹시라도 누군가 휴일에 혼자 외롭게 어떻게 견디느냐고 질문한다면 나는 답변하지 않고 그냥 웃어버릴 테다. 실제로는 혼자 놀기에 빠져들면 헤어나기 힘들기 때문이다. 그들은 이걸 모른다.

31
동호회 활동으로 재미있게 사는 법

돌싱으로 살면서 아내와 함께 사는 이들보다 자유로운 것이 몇 가지 있다. 그중 하나는 나를 위한 돈 쓰기의 자유이고, 또 하나는 누군가와 만나는 것에 대한 자유다. 쉽게 짐작할 수 있는 장점이기도 하거니와 특별한 성향의 사람이 아니라면 대부분은 돈 쓰기와 누군가를 자유롭게 만나는 것을 싫어하지 않을 것이다. 돈 쓰기는 사실 나의 경제적 수준에 따른 제약이 있게 마련이다. 빚을 내어 마구잡이로 돈을 쓰는 게 아니라면 결국 돈을 쓴다는 것엔 진정한 자유가 없다. 흔히들 꿈꾸지 않는가. 재벌가 아이로 태어나 원 없이 돈을 쓰는 환경에 놓인 나를.

하지만 사람들과 만나는 것에 대한 자유는 제한이 없다. 특히 요즘 같은 인터넷 세상에서는 더욱 그렇다. 내가 소셜 네트워크를 통해 사람들과 어울린 지도 거의 20년이 되어 간다. 나는 아주 외향적인 편은 아니다. 새로운 사람들과 어울리려면 용기가 필요하고, 초기에는 나서지 못하고 가만히 듣는 편이다. 그렇다고 소심하거나 조용하게 있는 편은 더욱 아니다. 무리들 사이에서 간간이 툭툭 말을 던지고, 새로운 사람들과 다양한 주제로 이야기를 끄집어내고 그들의 이야기를 들어주는 것이 어렵지 않다.

이혼하기 전부터 나는 소규모 스키 동호회에 참여하고 있었다. 십수 년 전이라 지금 같은 소셜 네트워크가 발달되어 있지 않았지만, 스키와 인라인에 대한 다양한 생각들을 공유할 수 있는 홈페이지가 있었다. 그것을 관리하셨던 분은 드림위즈 부사장이었던 박순백 박사였는데, 나이에 비해 스키 실력이 대단했고, 특히 인라인은 정말 잘 탔다. 글 쓰는 것을 좋아하는 '얼리어댑터' 박순백 박사의 홈페이지에는 꽤 많은 스키와 인라인 애호가들이 모여들었다.

오프라인에서 스키와 인라인을 함께 타기도 했지만, 그 모임의 핵심은 홈페이지에 다양한 글을 올리고 댓글을 달면서 소통할 수 있다는 점이었다. 그 사이트 안에 록과 프로그레시브 음악을 좋아하면서 스키도 타는 분들과 별도의 소모임을 만들었다. 그 모임은 지금도 이어지고 있다. 자주는 아니어도 1년에 한두 번씩은 가벼운 술자리를 마련하곤 한다. 10여 명으로 구성된 조촐한 모임이지만 대한민국에서 꽤 알아주는 와인바 사장이 된 형님도 있고, 방송국 PD 선배도 있고, 나처럼 대기업 직원인 친구들도 있다.

초기에는 소개하고픈 음반을 가져와 들으면서 술 한 잔을 하기도 했고, 스키장을 함께 가기도 했다. 일상에서 만나는 사람들과는 다른 사람들과 만나 대화하는 것이 신선했다. 항상 뻔한 대화만 이루어지는 직장이 아니라, 개인 취미부터 시작해서 스포츠, 여행, 정치, 사회 등등 다양한 주제에 대해 편하고 심도 있는 대화가 가능했다. 당시에는 형님들 몇 분 빼곤 싱글로 시작했는데 이제는 나처럼 이혼한 사람도 생기고, 노총각들 대부분은 결혼한 상태가 되었다.

내가 처음으로 시작했던 동호회는 나에겐 긍정적인 측면만을 남겼다. 같은 취미로 모였다는 것이 좋았고, 복잡하고 피곤한 회사를 벗어나 정말 본인이 좋아하는 것 위주로 대화를 할 수 있는 공간이 있다는 것이 좋았다. 스키 동호회 친구들끼리 만남이 수그러들 즈음, 이혼 이후의 무미건조한 생활을 하는 나에게 선배 형이 여행 후기를 중심으로 하는 웹사이트를 소개해주었다. 홍대에 오프라인 카페가 있었고, 온라인에는 여행 후기를 올리고, 소규모의 번개 모임을 만들 수 있는 '아쿠아'라는 곳이었다.

이곳에서의 활동은 나에게 많은 변화를 주었다. 우선 여행에 관한 한, 스스로 찾아서 다닌 경험이 없었던 나를 여행을 즐기고, 직접 예약하고 찾아 돌아다니는 사람으로 바꿔주었다. 그곳에서 얻은 정보를 기반으로 아들과 함께 세계 여러 곳을 돌아다니는 추억을 갖도록 했다. 다양한 사람들, 특히 여행을 좋아하는 아줌마·아저씨들의 세계를 경험할 수 있었다. 내가 이 사이트에서 활동하면서 얻은 가장 큰 지식은 '여행을 즐기는 사람이 돈 많은 사람은 아니다'라는 것이었다. 덕분에 어려서부터 여행 경험이 거의 없어 내심 두려웠던 나에게 '아빠 혼자서 청승맞게 어떻게 여행을 다녀?'라는 선입견을 내려놓게 만들었다.

2006년에는 해외여행을 갔다가 그곳에 주재원으로 있는 후배 가족을 만났고, 후배 가족 집에 놀러 갔다 본 와인 만화책에 꽂혔다. 여행 이후 한 병씩 사서 혼자 마시는 것으로 출발해서 와인 세계에 입문했다. 와인이라는 술은 정말 나와 잘 맞는 술이었다. 알코올 도수가 높은 술들은 부담스러웠다. 가볍게 마시고, 음식과 어우러져 먹을 수 있는 와인은 내 호기심도 만족시키고, 술을 적당히 즐기길 좋아하는 나에게 딱이었다. 그 후론 와인 강좌도 들으면서 여러 사람과 어울려서 와인을 즐기는 경험을 했다.

여행 사이트가 적자 이슈로 문을 닫은 이후 여행 사이트를 소원하게 대하던 나는 대한민국에서 가장 오래된 와인 모임이란 와인 동호회 공간에 합류했다. 10여 명이 함께하는 와인 번개 모임에 와인 초짜의 떨리는 마음으로 참석한 것이 불과 몇 년 전이다. 이제는 제법 업그레이드된 정회원이 되어서 와인과는 떼려야 뗄 수 없는 삶을 살고 있다.

'만약 내가 유부남이거나 여자친구가 있다면 이런 모임을 어떻게 했을까?'로 판단해보면 결과는 명확하다. 아무리 관대한 아내나 여자친구도 남자와 여자가 와인을 좋아한다는 이유만으로 자주 모여서 술 마시는 것을 이해해주지는 않는다. 입장을 바꿔 놓고 내 아내가 매달 몇 번씩 와인 모임에 가서 술을 마시고 들어온다면, 무척 열을 받을 것 같다. 그럼에도 불구하고 와인 동호회에서 열심히 활동하는 유부남, 유부녀들을 보면 놀라게 된다. 상대적으로 나는 자유롭게 만나고 이야기를 나누는 것이 가능하다. 자주 만나는 분들은 이제 그냥 친구나 동생처럼 느껴지기도 한다.

동호회의 특성상, 많은 사람들이 모이면 뒷담화가 있기 마련이다. 고작 400명이 채 안 되는 적은 숫자의 회원제인 이 동호회마저도 무성한 이야기들이 생긴다. 아마 나도 그런 이야기 몇 꼭지 정도는 제공했으리라. 어려서부터 만나온 사이가 아닌 바에는 서로 예의를 지키는 것이 절대적으로 필요하다. 대부분의 뒷담화는 남녀 간의 썸이거나 몇몇 분들의 행동과 말실수다. 뒷담화는 안 하는 것이 최선이다. 내가 한 뒷담화는 결국 내 뒷담화로 돌아온다.

동호회란 낯선 사람들이 계속 가입하면서 자연적 물갈이가 가능한 공간이다. 나는 잘 알지 못하는 사람들이 많은 모임에 나갈 적마다 소심해진다. 하지만 나만 생각하는 쪼잔함을 버리고 남녀 간의 이야기를 주제로 삼지 않는 담백함, 무엇보다도 나를 내세워서 먼저 말하려고 하지 않는 겸손함으로 무장되어 있다면 어느 동호회에 가서도 환영받을 것이다. 동호회에서 오랫동안 활동해보니 취미를 같이 하는 공간에서 맘에 드는 처자가 있으면 사귀어 볼까 하는 마음이 얼마나 허황된 것인 줄 알게 되었다. 그래서 사심을 내려놓고 그냥 와인을 즐기는 마음으로 사람들을 대한다.

와인 모임은 앞으로도 계속 활동하고 싶은데, 결혼하면 제대로 못 나올 것 같은 걱정이 들기도 한다. 제일 좋은 방법은 여자친구도 와인을 좋아하는 사람으로 만나는 것인데, 아직까지 그런 기회는 만들어지지 않았다. 내 돌싱 생활에 큰 활력소를 제공했던 이 동호회 모임들, 이젠 너무나도 자연스러운 모임이 되어 버렸기에 항상 내 삶에 긍정적인 영향을 주는 방향으로 활용하려고 노력 중이다.

32
노인네가 될 것인가 어르신이 될 것인가

■ 최근에 모 방송국 다큐멘터리 프로그램을 보았다. 중학교 동창들과 자전거를 타고 한강변에서 만나 나눈 이야기 때문이었다. 작은 벤처기업 기술임원인 친구는, 최근 많은 젊은 사원들이 회사에 들어와 적응을 하지 못하고 금방 그만둔다는 실태를 이야기하다가 방송 이야기를 꺼냈다.

– 창영이 너, 그 방송 봤니? 모 방송국 스페셜 프로그램. '요즘 젊은 것들의 사표.'

– 아니, 안 봤는데?

– 그걸 보면 말이지 요즘 교육이 얼마나 문제인지 알 수 있어. 상당수의 신입사원들이 1~2년 이내에 사표를 쓰고 다른 데로 옮겨.

– 정말 그래?

– 그렇지. 이 친구들은 우리 때랑 달라. 인내심이 부족해. 그리고 예전처럼 뭘 시키면 그걸 어떻게 해야 하는지도 잘 몰라.

이런 식으로 이야기가 이어지면서 아이들 교육에 관여하는 어머니들, 현재 수능제도의 한계 등 다양한 이야기를 나누다 헤어졌다. 나는 요즘 신입사원들이 우리 때와는 달리 많은 준비를 해서 회사에 들어오고, 어학연수를 비롯한 다양한 경험을 갖고 있다고 알고 있었다. 상대적으로 우리 때는 그런 준비 없이 재학시절 운동권이었거나 자기가 하고 싶은 동아리 활동만 하고서도 취업이 되곤 했다. 지금 같으면 꿈꿀 수 없는 기회의 시대를 보낸 선배로서, 저성장 시대 젊은이들에게 미안한 마음을 가지고 있었다. 그래서 궁금했다. 상황이 어떻기에 '준비된 인재'들이 오랫동안 버티지 못하고 나간단 말인가. 요즘 경제상황으로 보면 대기업을 그만두고 다른 데로 가거나 창업을 하는 것이 쉽지 않을 텐데 말이다.

방송을 찾아 본 뒤 나는 내 중학 친구마저도 소위 '꼰대' 입장에서 방송을 봤구나 하는 생각이 들었다. 방송에 나온 많은 신입사원들은 여전히 변하지 않는 대한민국의 기업문화에 대해 염증을 느끼고 있었다. 회식이라면 무조건 팀워크라는 이름으로 참석해야만 하는 구태의연한 악습, 일찍 출근하지 않으면 근무태만으로 매도되고 정시에 퇴근하는 것은 상사의 눈치를 봐야만 하는 현실, 수많은 보고서가 실무 담당자나 팀장 의견을 객관적으로 정리하는 게 아니라 상사의 입맛에 맞게 작성하는 것이 최우선인 상황 등이 젊은 사원들이 말하는 염증이었다.

물론 기성세대 직장인들이 지금보다 더 나쁜 상황에서 일해 왔고, 대한민국 경제성장을 이끌어 왔다 하더라도 젊은이들의 이야기에 특별히 잘못된 부분을 지적할 수 없었다. 나 또한 회식과 일찍 오고 늦게 가는 출퇴근 문화, 그리고 불필요한 보고서 등에 얼마나 불합리함을 느끼며 회사생활을 해 왔는가. 20여 년 이상 대기업 직장인으로 일해 온 내가 느끼고 있는 불합리함이 지금 세대 젊은이들에게 쉽게 받아들여지리라 믿는 것은 기성세대의 아집일 수 있다.

내가 다니는 회사뿐 아니라 많은 회사들에서 가장 많은 직급이 차장과 부장이다. 고령화, 저출산 시대로 접어드는 대한민국 경제상황의 실제다. 대부분 부장들은 오랜 회사생활을 하면서 어느 정도 경제적 기반을 마련했다. 물론 그 기반이 당장 회사를 그만둘 정도까지 가능하느냐고 묻는다면 그렇다고 쉽게 답변하긴 어려울 테지만 말이다. 상대적으로 사원과 대리급 직원들은 그렇지 않다. 대부분 대출에 대한 부담이 있고, 부모님께 의존하지 않고 산다는 것은 몇몇 금수저들의 이야기일 뿐이다. 그들이 맞닥뜨릴 결혼과 출산, 육아 등을 생각하면 그들의 앞날은 막막하다.

저성장 시대 젊은이들이 느껴야 하는 좌절을 잘 알지는 못하지만 나 또한 내 미래를 바라보는 입장에서 조금은 공감할 수 있다. 신입사원들에게는 이미 많은 월급을 받고 있는 상급자들이 부러움의 대상이기도 하지만 한편으로는 왜 자신들보다 좋은 대우를 받는지 알 수 없는 질시의 대상일 수도 있다.

통신업계와 IT업계 종사자들이 익명성을 보장받고 글을 올릴 수 있는 '블라인드'라는 앱에 우리 회사 직원이 올린 글을 본 적이 있다. 같은 팀 부장에 대한 비난이었다. 월급은 많이 받으면서 일이 생기면 사원이나 대리들에게 미루고, 실제로 할 줄 아는 것은 하나도 없다는 내용이었다. 그 내용을 읽으면서 뜨끔했던 나는 이런 댓글을 달았다.

"같은 부장으로서 책임감을 느낍니다. 만약 팀의 부장님이 그러신다고 하면 실제로 일을 하라고 요청하세요. 이젠 부장이라고 해서 일을 하지 않고 누군가에게 맡기는 시대가 아닙니다. 모두들 자신의 책임을 중심으로 움직여야 하는 시대입니다. 자신 있게 요청하세요."

그 글에는 나 말고도 여러 사람의 댓글이 달렸다. '그렇지 않은 부장님들도 계신데 심하게 직무태만인 분들이 있다. 아니다. 그건 사원 대리도 마찬가지다' 등등. 각 팀의 현실이 무엇이건 간에 이젠 직급이 높다고 일을 적게 하는 시대가 아닌 것은 확실하다.

앞서 젊은이들이 내는 사표 이야기로 돌아가 보자. 요즘처럼 취업이 어렵다는 시대에 왜 젊은이들이 기업문화에 환멸을 느끼고 미래의 가능성을 보지 못하는 것일까? 우리 회사, 우리 팀은 그런 분위기 아니니까 괜찮다 하면서 넘어가도 될 문제일까? 젊은이들에게 그들의 개인 시간을 돌려주고, 술 마시고 노는 데서가 아니라 진짜 '되는 사업'에서 팀워크를 찾게 하고, 업무성과에 대해 정확하게 평가하고, 잘 보이기 식의 불필요한 보고를 줄이는 것이 그렇게 어려운 일인가.

금년 초 사업부문장인 전무님께서 들려주신 이야기가 기억난다. 부장쯤 직급이 되면 이제 내가 어떤 사람으로 일할지를 고민해야 한다는 말씀이었다. 대화 안 통하고 할 줄 아는 것도 없으면서 과거 타령만 하고 있는 민폐 노인네 부장이 될 것인가, 변화하는 트렌드를 따라가면서 과거의 경험을 적절히 전달하고 또 젊은 직원들에게도 배우면서 커뮤니케이션에 깨어 있는 어르신 부장이 될 것인가. 이 선택의 기로에서 이젠 확실한 것을 취해야 한다. 오늘의 편함을 위한 선택이 과연 나의 미래에 어떻게 작용할지 생각한다면 우리의 선택은 뻔한 것 아닐까?

33
회사 스트레스 해소하는 방법

전 직장에서부터 친하게 지내는 곽 선배는 내가 무척 부러워하는 사람이다. 건민이와 같은 나이의 아들 하나와 아주 귀엽게 생긴 두 살 터울 딸이 있다. 그리고 선배와 동갑이고 같은 회사를 다녔던 형수님과 행복하게 살고 있다. 형의 전체적인 인생 규모는 내가 크게 부러워할 정도는 아니다. '대기업 부장'이라고 할 때 연상되는 딱 그 수준의 집과 생활을 유지하고 산다. 회사에서는 팀장 업무를 10년 가까이 맡고 있고, 회사 스키 동호회 회장 직분을 거의 회사 다닌 햇수만큼 유지하고 있다.

내가 이 선배를 부러워하는 가장 큰 이유는 바로 형수님 때문이다. 나와도 여러 차례 만난 적이 있어 스스럼없이 대할 수 있는 분인데, 나는 선배가 어떤 일이 생길 때면 소주 한 병을 두고 형수님과 이런저런 이야기를 나눈다는 말을 듣고 정말 부러웠다. 특히 회사에서 큰 일이 벌어지고, 그 화를 어디에 해소해야 할지 모르는 날에는 더욱 그렇다.

슬퍼 대디?
슈퍼 대디!

상무님과 크게 한 판을 벌였다. 팀 내 사업을 발굴하는 부장 한 명을 그 부장 본인이 수주한 사업 PM으로 보내라고 나에게 지시한 것이다. 나는 해당 사실을 고객과 함께하는 프로젝트 킥 오프에서 알게 되었고, 그곳에서는 갑작스런 PM 통보에 당황하는 팀원 부장을 달래기에 정신이 없었다. 일단 점심을 먹고 난 뒤 사무실로 들어와 상무님 방으로 씩씩하게 들어갔다.

– 상무님, 프로젝트 PM 건으로 드릴 말씀이 있습니다.

– 뭔데?

– 오 부장이 그 PM으로 가야 된다는 게 말이 됩니까? 그건 가능하지 않습니다.

– 조직에서 필요에 의해서 인력 배치를 한다는데, 그게 왜 안 된다는 거야?

– 그런 식으로 하실 거면 저희 팀에서 앞으로 새로운 사업은 누가 하죠?

– 이 팀장, 지금 나한테 그거 따지러 온 거야?

– 예, 저 지금 따지러 왔습니다.

– 그런 태도로 이야기할 거면 여기서 나가.

– 아 그러죠. 알겠습니다.

나는 이런 식으로 대화를 마치고 상무님 집무실 문을 꽝 닫고 나와버렸다. 결국 그 자리에는 당사자인 부장과 상무님이 남아 무슨 이야긴지 모를 긴 대화를 나눴다. 나는 내 자리로 돌아와 한참을 씩씩거리며 앉아 있었다. 손이 부들부들 떨릴 정도로 흥분해 있는 나를 느꼈다. 과도한 흥분상태였다. 그런 식으로밖에 대화할 수 없었는지에 대한 후회가 올라왔다. 후회가 올라올수록 이런 방식으로 업무를 처리한 상무님에 대한 비난거리가 더 떠올랐다.

이미 오래전부터 그럴 우려가 있었기에 몇 번이고 안 된다고 이야기를 드렸다. 해당 업무를 맡아 하는 PM 조직이 사내에 따로 존재하니, 그 조직에서 해결해야 될 일이었다. 해당 프로젝트 수주가 결정된 뒤 2개월 이상의 시간도 있었다. 그런 여러 차례의 커뮤니케이션과 자신의 약속을 헌신짝 버리듯 차버리고 이상한 결정을 하다니, '정말 상무님은 이상한 사람이구나, 몹쓸 사람이구나, 인간성이 엉망이구나' 하는 데까지 내 감정을 확산시켰다.

어쨌든 그 사건은 해당 부장이 상무님과 오랜 대화 끝에 없던 일로 하고 돌아왔다. 뻘쭘하게도 나는 팀장으로서 해당 문제를 해결해보겠다고 들어가서는 화만 내고 나오고, 정작 해결은 팀원인 부장이 정리하고 온 것이다. 꼭 이런 식으로 해야 했을까? 처음부터 상무님의 고충에 대해 이해를 하고, 팀원인 부장의 의견을 이야기하면서 원활한 결론을 낼 수도 있었을 텐데 하는 때늦은 후회를 해봤지만, 이미 엎질러진 물이었다.

그날의 오후 시간은 매우 우울했다. 나는 반차를 내고 집으로 와버렸다. 집에 와 봐야 딱히 나의 스트레스를 해소해줄 만한 것이 있지는 않았다. 와인 한 병을 따서 한 잔을 따라 놓고 조용히 생각에 잠겼다. 이럴 때 내 하소연도 들어주고, 내 입장도 이해해주면서 조언해줄 아내가 있으면 얼마나 좋을까 하는 아쉬움이 생겼다. 집에 있는 동안 상무님께서 두 번이나 전화를 했지만 나는 뭐라고 해야 할지 몰라서 전화를 받지 않았다. 그러다 팀원인 오 부장에게 전화를 했다.

슬퍼 대디?
슈퍼 대디!

– 오 부장, 별일 없나? 상무님이 두 번이나 전화하셨던 데 안 받았어.

– 상무님이 자리에 오셔서 팀장님 어디 갔냐고 물으시더라고요.

– 그랬어?

– 저를 다시 부르더니 팀장님 어디 갔냐고 묻고는 PM으로 가기로 한 건 원안으로 바꾸래요.

– 진작 그러실 일이지. 결국 나랑 오 부장이랑 한 판 해야지 그렇게 되는구먼.

– 그러게요. 하여간 별일 없으니 잘 쉬고 내일 뵐게요.

상무님이 생각을 취소하게 된 것이 과연 내가 화를 내서였을까, 아니면 오 부장과 오랜 면담 끝에 내린 새로운 결론이었을까. 그게 무엇이었든 간에 나는 상무님과 다투지 않고도 이런 결론을 끌어낼 수 있었어야 했다. 오 부장에게 사실을 들었을 때 우선 팀원인 당사자와 충분히 대안을 논의했어야 했다. 명확한 사유를 정리하고, 타 팀과 협조할 수 있는 상황을 확인하고 나서 상무님과 면담을 하는 게 더 효과적이었을 것이다. 하지만 나는 무조건 상무님의 결정이 잘못되었다는 생각을 깔고 상무님을 만나러 들어갔다. 결국 '당신 잘못이야'라고 꾸짖으러 들어간 것이나 다름없었던 것이다. 차분하게 가라앉은 마음으로 생각하니 내 처신의 문제점이 보였다. 빌어먹을. 상무님과 싸우면서 회사 생활하는 팀장이라니. 그다지 자랑할 게 못 되는 행동방식이었다.

나 혼자 정리하고, 반성하고, 대책을 강구하는 사이에 어느덧 와인 한 병이 바닥을 보이고, 정신은 조금씩 안드로메다로 향했다.

내 문제를 함께 상의할 누군가가 있는 것이 부러웠다. 나에게 그런 친구 같은 아내는 언제쯤 다시 생길까. 고등학생 아들에게는 이야기할 수 없는 생존의 노력. 알코올 기운과 뒷담화를 통한 해소가 아니라 좀 더 건설적이고 아름다운 미래를 구상하며 문제를 해결하고 싶은 마음이 굴뚝 같다.

34
자발적인 희망퇴직을 꿈꾼다

■ 최근 들어 부쩍 실적 때문에 압박이 많은 팀장님이 급기야 위장병으로 병원에 입원했다. 스트레스성 이유도 있지만 음주가무에 단련된 상무님과 코드를 맞추다 보니 탈이 난 모양이다. 불과 2년 전에 내가 다른 조직에서 팀장을 보임받고 있던 시절이 떠올랐다.

나는 새로운 직장으로 옮기면서 예전 직장에서 했던 사업 영역을 새로운 직장에서 시작해볼 수 있는 기회를 얻었다. 전 직장에서 알고 있던 선배가 준 기회였다. 나는 기존 조직에서 매너리즘에 빠진 상태였고, 그것을 극복할 좋은 기회라 생각하고 회사를 옮겼다. 하지만 나에겐 고질적인 문제가 있었는데, 그건 바로 '일을 열심히 하고 싶지 않다'라는 나만의 회사생활에 대한 정의였다.

20여 년 동안 나는 컨설턴트로 일했던 몇 년을 빼면 항상 여지가 많이 남아 있는 회사생활을 했다. 하루 종일 정신없이 바쁜 것이 아니라 내가 해야 된다고 생각하는 일부 일만 하고 나머지는 최대한 미뤄가면서 했다. 그렇게 하다가 일이 닥치면 그것만 적당히 해서 넘어가는 식이었다. 어느 조직에 가건 없으면 아쉽지만 있다고 해서 해당 사업에 큰 영향을 끼치는 사람은 아닌 존재로 일했다. 그러고는 그런 나의 모습을 내가 좋아하는 일을 하지 않기 때문이라고 합리화했다.

신입사원 시절에는 임원이 되고 한 회사의 사장이 되겠다는 포부를 가진 적도 있었다. 하지만 그러한 내 목표는 외국계 회사로 옮겼을 때 준비 부족으로 두각을 드러내지 못하면서 쪼그라들었다. 엎친 데 덮친 격으로 이혼까지 하게 되면서, 생계유지를 위해 마지못해 하는 일이 되고 말았다.

내가 정말 원하는 일은 소설을 쓰거나 작가로 살면서 사람들과 글이나 강의로 소통하는 것이라고 항상 말해 왔다. 현재 일에 영향을 주지 않는 범위에서 조금씩은 글쓰기를 시도하면서 살았다. 안타깝게도 이 작은 준비가 내가 가장 많은 시간을 투자해야 하는 본업에는 마이너스 효과를 주었다. 지금 하는 일을 왜 하는지 잘 모르겠지만 따박따박 나오는 월급 덕분에 내가 원하는 사람들과 놀고, 내가 원하는 것을 할 수 있게 된다고 생각하며 직장을 다녔다.

회사를 옮기고 잠시 동안은 뭔가 열심히 해보겠다는 마음을 먹고 다녔다. 그러다 시간이 조금 지나고 나서는 막상 내가 이 조직에서 변화를 일으키기는 쉽지 않겠다는 자기합리화를 만들었다. 그러고는 다시 예전의 업무 태도로 돌아가 버렸다.

상무님은 그런 나에게 새로운 사업의 발굴과 이 회사에는 없었던 프로젝트성 사업 수주와 이행에 대한 체계화를 맡기셨다. 나는 상무님이 해달라고 하는 것만 겨우 구성해서 보고하고, 내가 정말 고민해서 하는 것은 하나도 없는 회사생활을 했다. 그러면서 상무님이 우리 팀 일이 아닌 걸 자꾸 시킨다고 불평불만이 많았다.

그런 불평을 은연 중 팀원들에게 흘리면서 내가 이렇게 하기 싫은 일을 억지로 하고 있다는 것을 알렸다. 그런 불평덩어리 팀장이면서도 나는 팀원들을 자유롭게 풀어주고, 일로 얽매는 대화를 하지 않는 좋은 팀장이라 생각하며 버텼다. 가끔 나에게 상무님과 좀 더 커뮤니케이션을 하면서 조직의 영역도 확장해 나가고, 팀의 역량을 높이는 방안에 대해 조언하는 팀원들도 있었다. 그런 팀원들에게 나는 더 이상 상무님이 시키는 일이 맘에 들지 않는다며 만약 상무님이 시키는 일을 내가 받아 온다면 우리 팀원 누군가에게 그 일을 주어야 하는데 그것이 나로서는 힘들다고 변명을 늘어놓았다. 각 팀원마다 정해진 역할이 이미 있는데 내가 추가로 신규 업무를 받아서 나누게 되면 힘들게 될 거라고 조언을 듣지 않았다.

이렇게 3년 정도 팀장직을 맡고 있다가 몇 차례 상무님과 다툼이 있었고, 이래서는 조직적인 발전에 저해가 되겠다 싶어서 팀장을 그만두고 다른 조직으로 옮겨버렸다.

그러던 중 외부 자기개발 교육을 통해 내가 상무님에게 모든 책임을 돌리며 일을 제대로 하지 않았던 이유를 발견할 수 있었다. 정말로 신기하게도 내가 몰랐던 나의 모습, 20여 년간의 직장생활에서 10여 번이나 회사와 부서를 옮겨 다녔던 진짜 이유를 알게 된 것이다. 나는 항상 지금 조직에서 하는 일이 재미없고, 나에게 무가치하기 때문에 다른 데로 옮긴다는 생각으로 이직이나 부서 이동을 했다. 그런데 사실은 책임이 조금 더 많이 지워지는 상황이 되면 실패가 두려워서 초급자의 위치로 갈 수 있는 새로운 팀으로 이동을 해왔던 것이다.

이것을 깨달았을 때, 나를 믿고 이 회사로 끌어주신 상무님께 정말 죄송함을 느꼈다. 뒷담화를 열심히 해대고, 그저 본인이 임원생활을 연장하기 위해 좌불안석의 모습으로 전전긍긍한다고 비난했던 내가 창피했다. 다른 조직으로 옮기면서 상무님과는 다시는 개인적인 연락을 하지 않겠다는 나만의 다짐도 있었다. 그래서 조직을 옮기고 몇 개월 동안 엘리베이터에서 만나도 서먹한 느낌으로 인사도 하는 둥 마는 둥하고 있었던 것이다.

교육을 마치고 회사로 돌아와 사과 겸 내가 업무에 임했던 방식과 나의 진짜 이유를 말씀드릴까 말까 고민하다 결국은 전화를 드려서 시간을 잡았다. 상무님께서 점심 이후에 시간이 있다고 하셔서 집무실로 찾아갔다.

– 어 그래, 이 부장. 새로운 조직에서 잘 지내고 있어?

– 예 그럼요. 이쪽 일이 완전히 기존에 하던 일과는 다르긴 하지만 주어진 일 열심히 하고 있습니다.

– 그래. 잘 되었네. 갑자기 무슨 일이 있어? 혹시 다른 데로 옮기려고 그러나?

– 아이고, 상무님. 무슨 말씀을요. 제가 이제 어디 갑니까? 이곳에서 열심히 해야죠. 상무님, 제가 오늘 뵈려고 했던 것은 사과를 드리려고요.

– 무슨 사과를?

슬퍼 대디?
슈퍼 대디!

– 제가 3년간 상무님 밑에서 팀장직을 수행했는데, 정말 상무님께서 저 같은 팀장 만나서 얼마나 고생이 많으셨습니까?

– 아니 무슨 소리야? 갑자기 왜 그래?

– 제가요, 매번 상무님 의견에 반기를 들고, 인상 쓰고 그랬던 이유가 일에 대한 책임을 지는 것이 두려워서 피해 다닌 것이더라고요.

– 그랬어? 그랬으면 팀장 시킬 때 이야기했어야지…….

이런 식의 대화를 통해 그동안 묵혀두었던 서먹한 관계를 청산할 수 있었다. 내가 왜 주어진 일을 그렇게 거부하고 싫어했는지에 대한 본질을 아는 것은 나에게 큰 도움이 되었다. 새로운 팀에서 여러 가지 일이 생기고, 내 일이 아닌 팀의 일을 해야 할 때와 전임자가 넘겨준 처리되지 않은 이슈를 맞닥뜨릴 때, 내가 얻은 분별이 더 이상 일을 피해 다닐 필요가 없게 만들었다. 어려운 일은 빨리 상의해서 도움을 받고, 시간이 필요하면 시간을 조절하고, 어려운 고객과도 솔직하게 대화를 하면 대부분의 일이 해결 가능하다는 경험을 얻게 되었다.

이제 나에게 회사는 더 이상 다니기 싫은데 억지로 다니는 곳이 아니라 내 일을 신나고 즐겁게 하다가 조직에서 필요치 않거나 내가 해야 할 새로운 일이 생기면 흔쾌히 자발적 퇴직을 할 수 있는 곳이 되었다. 요사이 경기가 어려워지고 산업에 변화가 생기면서 잘 나가던 여러 산업군에서 희망퇴직과 권고사직 소식이 들려온다. 자신의 일터에서 나보다 훨씬 열심히 일하면서 자신의 꿈을 찾아가던 분들에겐 이러한 소식이 청천벽력 같은 선고로 들릴지도 모른다. 우리는 이제 이러한 변화가 언제 닥칠지 모르는 시대에 살고 있다. 그럴 때일수록 막연한 미래를 걱정하며 살기보다 지금 하는 일을 신나고 즐겁게 하는 것이 필요하다.

그래서 나는 감히 말한다. 때가 되면 자발적으로 희망퇴직하는 삶을 추구하겠노라고.

슬퍼 대디? 슈퍼 대디!

돌싱일기 남자편

제5부

돌싱 새로운 사랑에 도전하기

35
나의 아들, 그녀의 아들

이혼하고 2년 정도 지났을 무렵 누군가의 소개로 돌싱녀를 한 명 만났다. 체구가 작고 인상이 귀여운 그녀에게는 내 아들보다 두 살 어린 아들이 있었다. 나는 그녀가 좋았다. 우리 집에서 너무 멀다는 단점이 있었지만 전혀 상관치 않았다. 몇 번 만나다 본격적으로 결혼 가능성을 생각하기 시작했다. 다만 나도 아들이 있고 그녀도 아들이 있다는 점이 마음에 걸렸다. 그나마 다행인 건 그녀의 아들이 내 아들보다 어리다는 점이었다. 혹여 같이 살게 되면, 내 피가 섞인 아들이 형이 된다는 생각에 조금 안도했다.

당시는 아들 나이가 어렸을 때였고, 엄마와 함께 살다가 급작스러운 환경 변화가 있는 터라 그녀가 엄마 역할을 대신해줄 수 있는지 살펴보고 싶었다. 나는 그녀와 그녀의 아이를 함께 만나보았고, 그녀 또한 아들과 함께 만나보았다. 나는 그녀 아이의 첫인상이 고집이 세고, 욕심이 많을 것처럼 느껴지만 따로 이야기하지 않았다. 아들 건민이는 처음 보는 아줌마와 함께하는 시간을 잘 견뎌냈다.

나는 여기서 좀 더 발전이 필요하다고 느꼈다. 이번에는 네 명이 다 같이 만나보기로 했다. 두 아이 모두 초등학교에 입학하기 전이었고 유치원 아이들과 어울리는 정도의 사회성만 갖고 있었다. 놀이공원에 가서 함께 놀면서 나는 주로 아들이 어떻게 이 시간을 즐기는지 살폈다. 두 살이나 어리지만 기가 세 보였던 그녀의 아들은 이 상황을 무척 즐겼다. 나에게도 스스럼없이 잘 다가왔다. 상대적으로 건민이는 지난번과 달리 아줌마와 이야기하거나 대하는 것이 서먹해졌다. 아줌마 옆에 딱 붙어 있는 남자아이가 의식되는 모양이라고 짐작되었다.

그렇게 즐거운 시간을 보냈지만 내 속마음은 아주 흡족하진 않았다. 건민이가 보여준 소극적인 모습이 앞으로 재혼을 하더라도 영향을 줄 수 있다고 판단되어서였다.

그렇게 한 번 함께한 이후에는 또다시 모이는 것이 꺼려졌다. 그럼에도 그 여인에 대한 호감은 남아 있었다. 그렇게 몇 번을 더 만나다 새로이 알게 된 사실이 있었다. 이미 호적상으로 정리되고 이혼 상태인 줄 알았던 이 친구가 사실은 별거 상태였던 것이다. 그것은 아주 우연히도 내가 그녀에게 보낸 메일을 그녀 남편이 몰래 들어가서 읽은 후 나에게 답장을 보낸 사건에서 시작되었다.

어느 날 오후, 갑작스레 전화를 건 그녀는 '제발 부탁이에요' 하면서 지금 내 개인 메일로 온 자신의 메일을 절대로 읽지 말고 지워달라고 했다. 내용이 무척 궁금했지만 나는 약속한 대로 그 메일을 열어보지 않고 삭제했다. 그리고 무슨 일인지 자초지종을 물었다. 그제야 그녀는 전 남편이 내가 보낸 메일을 읽었다고 이야기해주었다. 그러고는 무척 화가 나서 나에게 꽤 심한 내용의 답장을 보냈다는 것이었다.

나는 매우 이상했다. 이혼한 녀석이 왜 전 아내의 메일을 함부로 들여다보고, 게다가 사귀고 있는 남자에게 뭔가를 전달하고자 답장을 쓴단 말인가. 그 점에 대해 이야기를 하다가 이 친구가 당시까지 이혼한 상태가 아니었다는 걸 알게 된 것이다. 남편과 사이가 좋지 않아 이혼할 계획을 갖고 있었고, 그래서 친정으로 아들을 데리고 돌아온 상태였다. 그런데 나에게 그런 상황을 정확히 이야기하지 않았고, 물론 나를 소개시켜준 사람도 그 사실을 정확히 몰랐던 것이다.

나는 무척 놀랐고 고민이 되었다. 법적으로 유부녀인 사람을 만나고 있었다는 사실이 가장 먼저 마음에 걸렸다. 혹시라도 그녀의 남편으로부터 간통죄로 고소를 당할 수도 있다는 사실에 걱정이 앞섰다. 사귀면서 발전하게 될 관계가 간통죄로 고소당하는 빌미를 줄 수도 있다는 사실이 기분 나빴다. 내가 겪은 이혼 사례가 떠올랐고, 내가 겪은 그런 아픔을 누군가에게 주면서까지 이 만남을 유지해야 하는지에 대한 갈등이 생겼다.

나는 당시 내 감정을 그녀에게 말했고, 문제가 해결되기 전까지는 사귈 수 없다고 했다. 그녀는 현재 이혼한 것이나 다름없는 상태이고 남편이 아직도 미련을 버리지 못하고 있을 뿐 모든 것은 예정대로 진행되고 있다고 말했다. 하지만 나는 그 변명을 받아들이지 않았다. 내 깊은 마음속에는 이 만남을 그만둘 아주 좋은 기회라는 생각이 있었기 때문이었다.

나는 이유를 설명하기 어려운 거부감을 그녀의 아들에게 갖고 있었다. 건민이와 달리 정신없고 자기주장이 강하고 욕심 많아 보이는 그녀의 아들이 탐탁지 않았다. 그런 내 감정을 솔직히 이야기하고 싶었지만 속 좁은 놈이라는 소리를 들을까 봐 다른 핑계를 찾고 있었다. 그러던 차에 사건이 터졌고, 그것은 그녀와 헤어지자고 말하기에 완벽한 이유가 되었다. 나는 아쉽다고 말하며 그녀와 헤어졌다. 그녀와는 그 후로 가끔씩 연락을 주고받다가 그것마저 끊어졌다.

그녀의 추억이 거의 사라질 즈음, 익숙지 않은 번호로 전화가 걸려왔다. 그녀였다. 마지막으로 전화한 지 1년 이상이 흐른 때였다. 잘 지내느냐는 내 질문에, 그녀는 잘 지낸다고 하며 그 사이에 결혼을 했다는 소식을 전해주었다. 남편은 결혼한 경험이 없는 총각이었다. 지금은 남편이 사회인 야구 동호회 활동하러 나간 상태고 갑자기 내가 잘 사는지 궁금해서 전화를 걸었다고 했다. 오랜만에 한 전화였지만 새로운 소식을 듣고 내가 해줄 말이라곤 '잘 되었네, 잘 살아'라고 해준 것뿐이었다. 그것이 그녀와의 마지막 연락이 되었다.

그 후로 가끔 그녀와의 기억이 떠오를 때가 있다. 이혼 후 처음으로 사귄 사람이었고, 아들과도 함께 만났던 그녀. 결혼이라는 것을 꿈꾸기도 했고 상대방 아들 때문에 주저하기도 했던 상황들이 떠오른다. 나는 왜 그렇게 속이 좁았을까. 나만 그녀 아들이 부담스러웠던 게 아니고 그녀도 내 아들에 대해 유사한 감정으로 어려움을 느꼈을 텐데 나는 그것에 대해 전혀 생각지 않았다. 아이를 가진 이혼남이나 이혼녀라면 누구나 한 번쯤 경험할 만한 상황이었지만, 내가 대처한 방식은 좋은 방법이 아니었다.

내 핏줄이 섞인 아이와 그렇지 않은 아이를 구분해서 대하고 받아들일 거라면 애당초 그런 상황의 여인과 만나서는 안 될 것이다. 내가 가진 걱정만큼이나 상대방 걱정도 크다는 것을 알아야 한다. 서로의 우려에 대해 충분한 대화를 나눠야만 한다. 그렇지 않다면 나는 또다시 당시와 같은 쪼잔한 마음을 가지고 누군가를 대하게 될 것이다. 그런 만남은 좋은 결과를 가져올 리 만무하다.

아주 오래전 이야기임에도 불구하고 이렇게 생생하게 기억나는 것은 그 고민이 여전히 내 어딘가에 남아 있기 때문이다. 그렇다. 나는 아직도 쪼잔함을 극복하지 못했음이 틀림없다.

36
재혼정보 회사를 가다

■ 이혼을 하고 근 2년 동안은 새로운 여자를 사귀는 것이 불가능하다고 생각했다. 사실은 두려웠다. 한 명의 아내도 제대로 살피지 못했는데 새로운 사람을 사귀고 사랑하고 또다시 결혼이라는 것을 할 수 있겠는가 하는 의심이 들었다. 하지만 아픔엔 세월이 약이라 했던가. 2년쯤 지나니 자꾸 주변 여인들에게 시선이 갔다. 아직 젊다고 할 만한 나이였으니 주변에서도 많이 부추겼고, 남자로서 본능이라 할 만한 이성에 대한 그리움이 스멀스멀 피어났다.

그럼에도 나는 "여자가 그리우니 미팅을 시켜다오"라고 자신 있게 이야기하지 못했다. 가장 걸렸던 것은 내게 아들이 하나 있다는 사실이었다. 내게 아들은 너무나도 사랑스럽고 소중한 존재였지만, 상대방의 입장에서는 불필요한 혹으로 인식될 거라는 불안함이 있었다. 어쩌다 마음에 드는 여인을 만났을 때도 내 본심을 잘 드러내지 못했다. 그렇게 소심한 자세로 임하다 보니 시간은 자꾸 흐르고, 이러다가 정말 연애도 한 번 못하고 평생을 보내는 것이 아닐까 하는 두려움이 생겼다. 말도 안 되는 나만의 이야기였지만, 당시에는 정말 그렇게 내 삶이 풀려갈 것 같다고 느꼈다.

이렇게 남에게 말도 못하고, 그렇다고 어디 가서 맘에 드는 여자를 만나 말로 구슬릴 자신도 없었던 나는 결국 최후의 방법을 택했다. 그건 바로 결혼정보회사의 재혼 전문 서비스 가입이었다. 요즘은 재혼정보회사가 결혼정보회사보다 더 잘 된다고 하지만 내가 이혼할 당시만 해도 재혼이 아주 흔한 이야기는 아니었다. 불행 중 다행인 것은 결혼정보회사라고 간판을 달아놓은 업체치고 재혼 남녀를 취급하지 않는 곳이 없었다는 점이다.

첫 번째 시도는 가장 일반적인 방식으로 만남을 주선하는 D업체였다. 워낙 초혼자를 대상으로 인지도가 높은 회사라 재혼에서도 어느 정도 수준 이상은 보장해주리라는 믿음이 있었다. 총 여덟 번의 만남을 주선해주는 대가로 몇백 만 원 정도 회비를 받았다. 재혼이 초혼보다 훨씬 비쌌고, 그 안에서도 좀 더 나은 스펙의 사람들을 만나려면 더욱 고가의 회비를 치러야만 했다. 솔직히 이게 뭔 짓인가 하는 자책감도 생겼다. 초혼 때도 하지 않았던 결혼정보회사 가입을 재혼으로 하려니 창피했다. 그래도 괜찮은 여인을 한 사람이라도 만난다면 돈이 아깝지 않겠다는 마음으로 네 번쯤 만남을 가졌지만, 매번 실망만 가득할 뿐이었다. 내가 여자에 대한 기준이 높다는 것도 새삼 깨달았다. 자기 형편은 생각지도 않은 채 말이다.

이렇게 실망한 후 다시는 결혼정보회사를 통해 사람을 만나지는 않겠다고 다짐했다. 남들이 챙겨서 만남을 시켜주면 감사한 마음으로 받아들이고, 안 시켜주면 그냥 그런가 보다 하는 마음으로 동호회 활동 등을 하며 바쁘게 살았다. 그러던 중 신문과 인터넷을 통해 꽤 솔깃한 광고 콘텐츠를 발견했다. 바로 재혼을 원하는 사람만을 대상으로 전문적으로 만남을 취급한다는 곳에 관한 것이었다.

특히 흥미로운 사실은 그냥 1대1의 만남을 하는 것이 아니라 다대다 모임을 주선한다는 것이었다. 왠지 신선해 보였고 선택권이 넓다는 데에서 내게 기회가 많을 것만 같은 착각에 빠졌다. 갑자기 강남에서 일주일 단위로 이루어진다는 이 소개 모임에 가보고 싶어졌다. 토요일에 홍보 겸 사람도 만날 겸해서 열리는데, 거기서 한 번 경험을 해본 다음 정식으로 돈을 내고 회원이 되는 시스템으로 운영된다고 했다.

가보고 싶은데 혼자 가기에는 어색한 곳, 그래서 이럴 때는 친구 좋다는 거 아니겠냐. 나에게는 대학 과 친구인 돌싱이 한 명 있었다. 연락을 했다.

– 승규야, 이번 주말에 별일 있냐?

– 아니, 없는데?

– 그럼 우리 '행복찾기'라는 곳에 가볼래?

– 그게 뭐하는 데야?

– 이혼한 사람들만 전문적으로 성사시켜주는 곳인데, '사랑의 작대기'처럼 몇 명 오면 서로 이야기하다가 작대기도 긋고 해서 연결되고 하는 곳이래.

– 그런 데가 있어? 함 가보자.

슬퍼 대디?
슈퍼 대디!

– 그래 잘 됐다. 담주 토요일에 보자.

우리 둘은 토요일 오후 4시경, 강남 모 빌딩 앞에서 만났다. 늦은 오후에 양복을 입고 강남의 외진 곳에서 만나려니 썰렁한 느낌도 들었다. 호랑이굴에 들어가도 정신만 차리면 산다고 했다면서 호기롭게 들어갔다. 우리보다 먼저 와서 드문드문 앉아 있는 남자와 여자들이 눈에 띄었다. 우리가 어리바리한 모습으로 들어서자 여자 한 분이 나와서 우리를 맞이했다.

우리는 어느 작은 방으로 안내되어 이곳의 취지와 회원으로 가입하게 되면 받게 될 특전에 대해 들었다. 특전이라고 해봐야 엄선된 여성들을 꾸준히 소개시켜 줄 수 있다는 거였지만. 첫날이니 오늘은 상황만 보고 갔다가 나중에 가입 여부를 결정하겠다고 했다. 그러고는 5대5 소개팅을 시작하게 되었다.

상대편 여자들은 우리처럼 친구 사이로 온 경우는 없었다. 선생님인 분도 있었고, 그냥 주부라는 분도 있었고, 개중에는 확실히 내 타입인 여자도 있었고, 나를 쳐다보는 폼이 나한테 관심 있어 보이는데 나는 전혀 관심이 가지 않는 타입도 있었다. 오랜만에 하는 미팅 분위기라 나름 재미있었다. 부산 사투리를 쓰는 내 친구는 처음에는 조용히 있더니만 내가 분위기 좀 띄워놓고 멍석을 까니 그 위에서 특유의 사투리와 입심이 어우러져 좌중의 웃음을 책임지고 있었다.

두 시간 정도 지난 후 매니저라는 분이 사랑의 막대기 코너를 진행했다. 딱 보아하니 내가 좋아하는 스타일은 한 명, 나를 좋아하는 것 같아 보이는 여자는 두 명. 두 명 중 한 명은 전혀 아니올시다이고 다른 한 명은 나쁘진 않은데, 나는 왠지 나한테는 관심이 없지만 내가 좋아하는 스타일의 여자에게만 눈이 갔다. 여기서 성사가 되면 각자 파트너들끼리 식사를 하러 가고, 성사가 안 되면 그냥 집으로 돌아간다고 했다. 나는 고민 끝에 눈 딱 감고 내가 좋아하는 스타일의 여자에게 막대기를 날렸다. 내가 예상했던 두 명의 여자는 나에게 막대기를 날렸고, 내가 좋아했던 여자는 내 친구에게 막대기를 향했다. 결국 내 친구는 커플이 되었다. 무척 씁쓸한 결과였다. 내가 저 녀석보다 못한 게 뭘까? 내게 어린 아들이 있어서? 아니면 내 친구가 나보다는 잘나 보여서? 나는 그렇게 내가 커플이 안 된 이유를 찾고 있었다.

친구는 파트너가 된 여자와 저녁을 먹는다고 나가고, 나는 성사가 안 된 사람들끼리 뒤풀이라도 하자는 제안을 거부하고 집에 일찍 와버렸다. 재혼 전문 정보회사를 이용하는 게 의미 없이 느껴졌다. 결국 안 될 놈은 안 되는구나라는 식의 자책감도 느꼈다. 앞으로 이런 곳 다시는 오나 봐라 하며 그 빌딩을 떠났다. 하지만 1개월 뒤 나와 친구는 가입비만 선 납부하고 실제로 결혼이 성사되면 나머지 회비를 다 내는 조건으로 서비스를 받으라는 매니저의 달콤한 유혹에 넘어가고야 말았다.

당시 재혼정보회사를 통해 몇 명의 여인을 더 만났다. 길게 이어지지는 않았던 만남들이었지만, 여전히 나에겐 젊음의 끓는 피가 있다는 것을 알게 해준 시기였다. 하지만 나는 재혼정보회사는 나하고 안 맞는다고 결론지었다. 누군가는 가능한 일이지만 또 다른 어떤 이에게는 더 상처를 줄 수도 있다는 것을 깨닫게 되었다. 그러한 사건이 나에게 생기고야 말았다.

37
쥐구멍에도 볕들 날 있다

■ 돌싱으로서 14년이면, 짧은 시간이 아니다. 어쩌다 누군가를 사귀게 되면 여자들은 꼭 나에게 이런 질문을 던진다. 예전에 어떤 사람이랑 사귀었냐고, 왜 헤어졌냐고. 나는 그럴 때마다 순진한 척 모든 것을 다 이야기해주었다. 내가 여자들을 사귀는 순간은 밝은 해가 떠서 비춰주는 것과 같았다. 세상에 아름다운 것들이 정말 많았고, 하루하루가 마냥 행복했다. 하지만 이젠 볕이 들지 않는 날이 길어지고 있다. 나에겐 볕들 날이 정말 없어지는 것은 아닐까 두렵다.

대학시절 이렇다 할 연애를 못해 본 나는 어떤 면에선 첫사랑이랑 결혼한 것이나 다름없다. 6개월 이상 만났던 여자는 전 아내가 유일했기 때문이다. 그래서인지 나는 많은 것에서 서툴렀다. 여자들이 무엇을 원하는지 잘 몰랐고, 그저 잘해주면 다 되는 줄 알았다. 잘해준다는 내 생각이 전부가 아니라는 사실을 그동안 만나왔던 여러 여인들을 통해서 새롭게 배웠다. 어떤 친구는 나에게 한없이 베푸는 것이 무엇인지를 알려주었고, 어떤 친구는 정말 잘난 여자가 왜 사귀기 어려운지를 확실하게 느끼게 해주었다. 어떤 친구는 내가 사랑 앞에선 못할 것이 없다는 것을 알게 해주기도 했다. 그런 행복한 기억들이 과거 14년의 시간 속에 조금씩 채워져 있다.

그중에서도 가장 기억에 남는 것은 3개월간의 짧은 만남이었지만 강한 임팩트를 준 어떤 여인이었다. 나는 그녀를 재혼정보회사를 통해 만났다. 친구와 우연히 찾아가 5대5의 미팅을 마치고 가입했던 바로 그 회사에서 소개해준 첫 번째인가 두 번째 상대였다. 소개해주는 매니저는 나에게 전화를 걸어 괜찮은 아가씨가 있는데, 이 친구가 일반 회사원은 만나고 싶어 하지 않는다고 했다. 그러면서 본인이 특별히 나를 소개시켜주며 좋은 사람이라고 했으니 했으니 잘해 보라는 격려를 남겼다.

왠지 기대가 되었다. 고상하고 지적이라는 매니저의 소개가 그냥 입 발린 소리는 아니라고 느껴졌기 때문이었다. 매니저가 말한 대로 그녀는 내가 원하는 모습을 많이 가지고 있었다. 화려하진 않지만 고상해 보이는 인상, 그리고 책과 영화를 무척 좋아했다. 게다가 와인도 즐겨 했으니 이보다 더 내 이상형인 사람은 없다는 생각이 들었다. 그렇지만 그녀에게는 벽이 있었다. 일정 수준 이상으로 나와의 관계가 발전하는 것을 원하지 않는 듯이 보였다. 내가 숙맥인 탓도 있었겠지만 아직도 확인되지 못한 그녀만의 이유가 있었다. 나는 그것을 재력이나 내 직업이거나 둘 중 하나일 거라고 상상하기도 했지만 확인하진 못했다.

슬퍼 대디? 슈퍼 대디!

견디기 어려운 시집살이로 인해 아들을 남겨두고 이혼을 택한 그녀. 그리고 재혼한 전 남편과 함께 사는 아들 때문에 눈물을 흘리는 엄마의 모습을 간직하고 있던 그녀. 그녀는 내 관점에서는 밀당의 고수였다. 실제로 그녀가 나를 두고 밀당을 했던 것 같지는 않다. 하지만 이미 마음이 넘어가버린 나와, 마음을 주지 않고 있던 그녀와는 완전히 갑과 을의 관계가 형성되어 있었다. 나는 그녀 마음에 들 수 있는 모든 것을 하고 싶었고, 그녀는 내가 하는 정성이 과하거나 부담스러운 것처럼 이야기했다. 그럼에도 불구하고 그녀의 모든 행동과 대화가 나에게는 행복 그 자체였다. 주변 지인들 모두에게 연애 상담을 받고 해볼 수 있는 것을 다했던 3개월이었다.

그중 가장 하이라이트는 아마도 새벽에 달려간 경주가 아닐까 싶다. 여름철이었고, 그녀는 자신만의 여름휴가를 떠난다고 했다. 장소는 화엄사와 경주. 나도 시간을 내어 같이 가고 싶었지만 그녀가 혼자 간다는 여름휴가에 대해 별다른 이견조차 내지 못했다. 이미 경주로 떠나버린 그녀에게 잘 다녀오라는 문자 메시지와 잘 도착했냐는 전화 통화를 한 것이 전부였다. 그날 저녁은 다른 모임에 참가해서 술이 거나하게 취했었다. 집으로 들어가기 전 잠시 들렀던 단골 바에서 주인장과 아주 친했던 또 다른 단골손님이 나를 부추겼다.

– 창영씨, 뭐해요? 빨리 경주로 가야죠?

– 에이 뭔 소리예요? 그 친구 혼자 여행 갔다니까요.

– 통화는 했어요?

– 네, 아까 오후에요. 잘 도착했고 저녁 먹고 콘도에서 쉰대요.

– 호텔은 어디래요?

– 경주 대명콘도요.

– 아~ 뭐야! 그럼 빨리 거기로 가야지 뭐하는 거예요?

– 아니 거길 제가 왜 가요? 혼자 휴가 가서 있는데 제가 달려가면 완전 실례죠.

– 에혀, 이 사람 이래 가지고 어디 장가나 가겠나? 여자를 잘 모르시네. 여자는 말로는 아니라고 해도 한편으론 기대를 한단 말이에요.

– 정말로요? 나 지금 술 많이 마셨는데, 그리고 나 고속도로 운전 거의 안 해 봤는데…….

– 이런!!!!

취중진담 같은 대화가 이어졌다. 카페 주인장이 여자였던 관계로 나는 그들의 조언이 왠지 사실처럼 다가왔다. 오늘 밤에 경주까지 달려가면 뭔가 새로운 역사가 만들어질 것만 같았다. 이미 11시가 훨씬 넘은 시간, 나는 집으로 향했고 부모님께 비장한 태도로 차를 쓰겠다고 이야기했다. 금요일이었다.

12시가 다 되어 귀가한 아들이 새벽에 차를 몰고 지방에 가겠다는 이야기를 들은 부모님은 얼마나 놀랐을까? 그리고 아빠의 늦은 귀가로 얼굴도 못 보고 잠든 아들에게 아빠 없는 주말은 얼마나 썰렁했을까? 하지만 그 시점의 나는 그런 측면을 고려할 경황이 없었다. 이미 마음의 결정을 내렸고, 무슨 수를 써서라도 내일 아침 9시 전에는 경주 대명콘도에 도착해 있겠다는 의지가 불타고 있었기 때문이었다.

슬퍼 대디?
슈퍼 대디!

두어 시간 잠을 청했고, 3시가 조금 넘어서 차를 몰고 나왔다. 내비게이션도 없던 아버지 차. 평생 나 혼자 운전해본 적이 손에 꼽을 정도였고, 누군가와 동행으로 가본 최장거리가 천안이었던 내가 그 새벽에 경주까지 차를 몰고 가겠다는 마음을 먹은 것은 대단한 결심이었다. 새벽의 텅 빈 고속도로를 달리고 달려 아침 8시에 경주 대명콘도에 도착했다. 9시가 되기를 기다려 연락을 취했고, 완전히 놀란 그녀와 함께 1박 2일 동안 경주와 그 근처를 익숙하지 않은 운전을 하며 돌아다녔다. 저녁에는 호텔 방을 각각 얻었고 원했던 역사는 전혀 이루어지지 않은 채, 아쉬움보다는 그냥 고급진 추억으로 남을 만한 저녁시간을 보냈다. 한결 가까워진 느낌이었고, 아침 일찍 일어나 둘이서 걸었던 보문호수에서의 산책 또한 길이 남을 만한 추억이었다.

그런 황금 같은 시간을 보냈지만 나는 여지없이 차였다. 그녀가 나와 연락을 끊은 것은 아주 갑작스러웠다. 중국 여행을 갔고, 그곳에서도 나와 통화를 주고받았던 그녀가 입국 이후부터 완전히 전화 및 문자를 끊어버린 것이다. 그 후로 다시는 그녀를 만나지 못했다.

딱 한 번의 통화가 있었고, 그녀가 말한 헤어져야만 하는 이유는 납득할 수 없는 것이었다. 나는 그녀를 내 마음속에서 지우는데 꽤 오랜 시간이 걸렸다. 그 또한 벌써 10년이 지났다. 이젠 더 이상 그녀를 만나도 예전의 감정을 되살릴 수 없을 만큼 시간이 흘렀다.

하지만 지금도 생생한 것은 내가 그녀에게 할 수 있었던 큰 정성과 용감한 행동이다. 누구는 나에게 너무 '무대뽀'였다고 이야기한다. 그래서 그녀가 겁이 나서 뒤로 물러섰다고. 하지만 나는 그것만이 전부가 아니란 것을 알고 있다. 그녀에겐 그녀만의 이상형이 존재했고, 그게 나는 아니었다. 이젠 더 이상 그때의 용기와 정성을 쏟기도 어렵다. 다만 나에게 남겨진 그 시절의 기억은 찬란한 빛과도 같았고, 그 시간이야말로 내 쥐구멍에 환하게 햇볕이 들었던 때였다.

38
23번 남자

■ 12월 날씨치곤 지난 몇 년 가운데 최고 춥다고 하는 날씨였다. 그럼에도 아침부터 무척 설레었다. 진짜 미팅다운 미팅을 하러 나가는 날이기 때문이다. 대학 시절, 살도 찌고 숫기도 없던 나는 신입생이면 누구나 하던 과팅에 나가본 적이 거의 없었다. 기억을 더듬으면 딱 한 번 나가본 적이 있다. 대학교 1학년 때, 숙대 정외과와 과팅에 인원이 펑크 났다고 억지로 끌려간 것이다.

5대5로 했던 단체 미팅에서 나는 구석진 곳에서 수줍어 말도 잘 못했고, 정외과 학생들답게 운동권 성향이 강했던 그녀들에게 '광주 5적'과 이념서적에 대한 설명을 들었던 기억만 남아 있다. 군 제대와 함께 자신감을 회복한 후에는 소개팅이나 2대2 미팅을 수도 없이 했고, 나름 여자들과 별것도 아닌 이야기를 나누고, 호구조사를 하고, 노래방도 가고 하는 등의 다양한 미팅 역사를 갖고 있다.

하지만 이젠 40대 중후반이고, 이혼한 지 벌써 10년이 넘어 연애세포라고는 찾아보기 힘들 정도가 되었다. 그런 내가 무슨 호기심에 미팅을 신청하게 되었을까? 신청 버튼을 누르고 회비를 입금하면서도 계속 그만둘까 하는 후회가 올라왔다.

오늘 가는 미팅은 김어준 씨가 대학로에 만든 벙커에서 주최하는 꽤 기묘하고도 어처구니없는 콘셉트의 단체 미팅이다. 나는 딴지일보를 보다가 벙커의 존재를 알게 되었고, 벙커에서 이뤄지는 강의를 팟캐스트를 통해 듣다가 어느 날 이곳에서 단체 미팅이 벌어진다는 사실을 알았다. 젊은 날의 추억이 떠올랐다. 수줍어서 말도 잘 못했던 첫 과팅이었지만, 가슴속 깊이 새겨진 하얀 플로럴 드레스를 입었던 소녀와 청바지를 입고 머리를 질끈 묶고 나온 선머슴아 같은 여학생들이 기억났다.

한 번쯤 옛 추억에 빠져보고 싶었는데 재수 좋게도 40대 싱글 남녀라면 누구라도 참가 자격이 주어지는 미팅이 열린 것이다. 신청을 하고 몇 주간 꽤 설레는 기분으로 살 수 있었다. 왠지 꿈에 그리던 운명의 상대를 만날 것만 같았고, 나를 좋아한다고 고백하는 여인을 만날 것만 같은 황홀한 시간이 지났다. 단돈 3만 원에 이렇게 기대 부푼 한 달을 보낼 수 있다면, 단돈 천 원으로 일주일이 행복해지는 로또를 사는 것과 유사한 느낌이라 할 것이다.

미팅을 위해 간만에 백화점에 가서 단정하고 고급스러워 보이는 캐주얼도 완비해 뒀고, 머리 손질도 며칠 전에 마쳤다. 충분히 준비한 만큼 그 공간을 즐기기만 하면 되는 것이다. 아들에게는 집에서 잘 놀고 있으라 하고, 친구들과 저녁 약속이 있다고 거짓말을 했다. 미팅 간다고 이야기할 만큼 떳떳한 마음은 아니었다. 왠지 창피했다.

벙커1 미팅에 모인 사람들은 남녀 공히 36명씩 총 72명이었다. 각 테이블마다 여섯 명씩 이성과 마주보고 앉게 되어 있었다. 이미 내 이름은 등록되었고 나는 23번 남자가 되었다. 4조에 배치된 내 자리 맞은편에도 19번에서 24번까지의 여자들이 앉았다. 일단 내 맘에 드는 분은 없었다. 그래도 사회생활을 해온 경험을 살려 앞뒤의 사람들과 인사를 나눴다.

– 안녕하세요? 벙커 미팅에는 처음이신가요?

– 예, 그래요.

다행히 그중 한 명이 세 번째로 이 벙커 미팅에 참석했다고 했다. 그가 자신의 경험을 무용담처럼 늘어놓았고, 우리는 어느새 그의 지식 전달에 쏙 빠져들었다. 얼추 시작 시간이 되었고, 한두 좌석을 빼고 거의 온 것을 확인한 사회자가 시작을 선언했다. 그리고 오늘은 우선 각자 개인을 어필하는 개인 소개시간을 시작으로 5분간 모든 테이블을 옮겨 가면서 대화를 나눠 보는 시간, 그리고 자신이 내건 소지품을 집은 사람들과 만나는 시간, 누군가에게 던지고 싶은 질문이나 답을 적고 여자들이 마음에 드는 글귀를 적은 사람을 찾아서 만나는 등 다양한 형태의 만남이 준비되어 있다고 설명을 늘어놓는다.

나를 비롯한 수십 명 남녀들의 눈 돌아가는 소리가 들렸다. 각자 맘에 드는 상대를 스캔하고 있는 것이다. 나는 저 멀리 보이는 10 몇 번과 30번 여자가 맘에 들었다. 이제 40도 넘었고, 돌아온 싱글까지 된 마당에 더 이상 수줍음은 필요 없다는 생각으로 둘 중 하나를 오늘의 상대로 결정했다. 항상 그녀와 눈을 맞추려고 노력했고, 테이블마다 옮겨 가면서 이야기할 시점엔 어쨌든 그녀와 대화를 시도해보려고 자꾸 참견했다. 잘 알고 있는 영화 이야기도 마구 던져봤다. 하지만 운이 안 받쳐주는지 그녀와 1대1로 대화할 찬스는 좀처럼 오지 않았다. 대화는 잘 통하지만 외모는 딱 맘에 드는 편이 아닌 한 여자와는 인연이 닿는지 그 어려운 와중에 두 번이나 1대1 미팅이 이루어졌다. 하지만 나는 언제나처럼 한 번 마음이 넘어가면 다른 여자들은 눈에 안 들어오는 경향이 있었다.

어느덧 시간은 무르익어 가고, 마무리 타임이 다가왔다. 역시 미팅의 꽃은 최종 선택이다. 벙커 미팅도 마무리는 각자 원하는 사람을 적어서 서로 연결되는 사람이 있으면 커플이 되어 이 공간에서 나가게 된다. 그런데 재미있는 순서가 앞에 있었다. 그것은 바로 '돌직구 타임'이었다.

돌직구 타임이란 남녀들에게 주어지는 하나의 도전이자 위기였다. 자신이 좋아하는 사람이 확실하고 그 사람이 아니면 오늘의 만남에 의미가 없다고 생각하는 사람은 자신 있게 앞의 단상으로 나서면 되는 것이다. 그리고 왜 그 사람이 아니면 안 되는지 설명한 뒤 한 사람의 번호를 호명하고, 그가 프러포즈를 받아주면 바로 둘만의 시간을 갖기 위해 나간다. 다른 모든 이들의 부러운 눈빛을 받으면서. 하지만 만약 프러포즈를 받는 사람이 거절을 하면 돌직구를 날린 사람은 마지막 기회인 사랑의 작대기에 참여하지 못하고 그 자리를 떠야만 한다.

무척 기대가 되면서도 거절에 대한 두려움으로 앞에 나서기가 싫었다. 거의 다섯 시간 가까이 맘에 들었던 30번 여인의 주변에서 맴돌았건만 결국은 한 번도 이야기를 나눌 기회가 없었다. 그렇게 열심히 쳐다보고 관심을 보였는데, 그녀는 왠지 나를 의식하는 듯하면서도 나의 눈빛을 피하곤 했다. 이거야 원 감질이 나서 참을 수가 없다. 용기 있는 몇 명의 남자들이 멋지게 프러포즈를 했다. 그러나 아쉽게도 모두 거절당하고 자리를 떴다. 내가 나가서 확 성공하면 영웅이 되는 거 아닐까 하는 착각이 들었다. 그 착각이 정말 착각임을 알아채고 가만히 있어야 했는데……. 아뿔싸 나는 어느새 자리에서 일어나 단상 앞으로 걸어 나가고 있었다.

가슴이 쿵쾅거리고 어느새 이마에 식은땀이 배어든다. 앉아 있을 땐 몰랐는데, 단상 앞으로 비춰지는 전등불이 눈부시고 잔뜩 긴장한 탓에 더워지는 나를 더욱 땀나게 한다. 에라 모르겠다! 이젠 지르는 거다.

– 제가 오늘 이곳에 오면서 그냥 통하는 분들과 재미있는 이야기만 해도 좋다고 생각했습니다. 그래서 너무 즐거웠고요. 그런데 제 눈에는 오직 한 분만이 보이더군요. 그래서 그분께 제안을 합니다. 지금 이 자리에서 일어나 제가 잘 아는 와인바에 가서 샴페인 한 잔을 나누며 못다한 이야기를 하고 싶습니다.

– 그 행운의 주인공이 누구시죠?

– 예, 30번 여자분이오.

남자들이라면 아마 다들 관심을 두었을 30번 여자에게 돌직구를 던졌다. 사슴 같은 눈망울을 가진 그녀. 나보다 한 살이 많다는 사실이 믿겨지지 않을 정도로 청순해 보였던 그녀가 조심스레 자리에 일어난다. 나는 1분이라도 빨리 수줍은 모습으로 '예'라고 답해주길 기다렸다.

– 오늘 한 번도 대화해보지 않으신 분이 저를 불러주셔서 감사드려요. 하지만 죄송합니다.

아! 골이 땡긴다. 결국 '노'를 받았다. 얼굴로 피가 마구 모여드는 것이 느껴졌다. 나는 창피하지만 안 그런 척 천천히 내려와 옷을 입고는 벙커를 벗어났다. 후회가 밀려들었다. 그냥 자리에 앉아 있을 걸. 더 재미있을지도 모를 사랑의 작대기 시간을 즐기지 못한 것이 아쉬웠다. 이제는 엎질러진 물과 같은 상황이라는 것을 알면서도 다시 한 번 사정하고 그 자리에서 버텨보고 싶은 생각이 간절해졌다. 하지만 그런 마음을 모두 내려놓고 택시를 잡아 탔다.

성급했던 나를 탓해 본다. 내가 얼마나 잘났다고 대화도 한 번 제대로 못 해본 여자에게 돌직구를 던질 생각을 했던 걸까? 내가 남자였어도 쉽게 예스를 하지 못했을 거다. 하물며 여자라면 감히 그런 남자와 둘만의 시간을 갖기 위해 나가고 싶었을까? 이렇게 복기를 해보니 내 행동이 정말 어처구니가 없었다.

아직도 여인의 심리를 잘 모르는 나. 언제 철이 들어서 내 관점에서가 아니라 여자의 관점에서 나 자신을 볼 수 있게 될까? 돌직구 사건은 '쪽팔림은 순간이고 추억은 영원하다'는 기억이 되어 남겠지만, 내 자신이 그렇게 성급하고 사리판단을 못하는 인간이라는 점은 알면서도 고치기 힘든 숙제로 남았다.

창피한 23번 남자. 쯧쯧.

뒷이야기가 있다. 나는 이렇게 그 자리를 떴지만 커플이 되지 않은 대다수의 사람들은 미팅을 마치고 뒤풀이를 갔다고 한다. 거기서 새롭게 이야기를 나누고 시간을 즐겼다는 사실을 알았다. 내가 찍었던 30번 여자, 청순했던 눈망울과 수줍은 몸짓과는 달리 말술과 흡연을 즐기며, 정부의 잘못을 참지 않고 행동에 옮기는 열혈 투사였다고 한다. 역시 사람은 겉으로만은 모르는 것이다. 또 한 가지 더. 벙커 미팅 후기 게시판에 23번 남자를 찾는 글이 올라왔다. 나한테 돌직구를 던지고 싶었단다. 그나마 위안이 되는 게 시글이다. 비록 나는 관심 없었던 여자분이었지만.

39
크리스마스의 웃픈 추억

■ 크리스마스이브가 다가왔다. 해마다 크리스마스이브에는 두 가지를 놓고 갈등을 했다. 가족을 위해, 특히 혼자 크리스마스를 맞이하는 아들과 시간을 보내야 한다는 마음과 그래도 1년에 가장 낭만적인 날을 한 여인네와 보내고자 하는 마음과의 싸움이었다. 승리의 빈도는 가족과 함께 보낸 쪽이 조금 높지만, 실질적으로 기억에 남는 것으로 따지면 가족과 함께하지 않은 크리스마스이브가 승자다.

올해는 고등학생이 된 아들이 친구들과 시간을 보내겠다고 미리 선언을 했다. 덕분에 올해의 크리스마스이브를 낭만적인 스타일로 계획할 수 있게 되었다. 문제는 현재 내가 사귀거나 맘에 두고 있는 사람이 없다는 거다. 누구와 함께 크리스마스 디너를 할 것인가 무척 고민되었다. 미리 저녁식사를 할 장소도 예약해야 하고, 상대방이 누가 되느냐에 따라 식당이든 이벤

트든 여러 가지 변수가 있는지라 대상 몇 명을 두고 나 홀로 소설을 몇 번이나 썼는지 모른다.

과거의 크리스마스 추억이 나로 하여금 소설만 쓰게 하고 정작 행동에 옮기지 못하게 하는 제약이 되곤 한다. 그 기억은 지금은 웃을 수 있지만, 한편으론 나에 대한 실망과 큰일이 나지 않은 게 다행이라는 후회를 불러일으킨다.

몇 년 전 12월이었다. 나는 한동안 마음속으로만 좋아하고 표현은 제대로 못했던 여자사람친구에게 제대로 된 기회를 만들어야겠다고 생각했다. 고민 끝에 그녀가 좋아할 만한 고급 레스토랑을 예약했다. 그리고 용기를 내어 전화를 걸었다.

– 소리님, 크리스마스 때 어디 놀러 가요?
– 아뇨, 특별한 계획은 없어요.
– 어 그래요? 그럼 우린 와인이나 한잔 하면서 식사할까요?
– 언제요?
– 이왕이면 크리스마스이브 어떨까요?
– …….
– 이브엔 약속이 있군요.
– 아니에요. 괜찮을 것 같아요. 좋아요. 어디로 갈까요?

예상 밖의 승낙이었다. 전화를 걸기 전까지 수차례 망설이고 마음을 졸였던 것에 비하면 정말 쉽게 원하는 결과가 나왔다. 이분은 와인에 관한 조예가 깊었고, 나도 한참 와인의 다양성에 빠져 있을 때였다. 내가 잘 모르는 와인이 생기면 이 여사친에게 전화를 걸어 묻곤 했었다.

나는 이번 이브에 제대로 된 고백을 하겠다고 마음을 먹었다. 사전에 와인을 각자 한 병씩 가져가기로 정했다. 크리스마스이브가 되었고, 나에게 닥친 업무는 대충 할 수밖에 없었다. 하루 종일 저녁시간에 대한 시뮬레이션으로 머릿속이 복잡했다.

회현동에 있는 회사에서 약속장소인 압구정까지 가는 것은 쉽지 않았다. 예년보다 추운 날씨 탓에 모두들 차를 몰고 나와서 그런지 거리마다 막히지 않는 곳이 없었다.

내 딴에는 좋은 거라 생각하며 곱게 모셔둔 빈티지 샴페인을 가져갔다. 그녀는 좋은 빈티지의 보르도 그랑 크뤼 와인을 가져왔다. 평소 봐두었던 파인 다이닝 레스토랑에서 크리스마스이브에 여자와 단둘이 식사를 하는 것은 내 생애 최초의 경험이었다. 전 아내와도 해보지 못했던 것을 경험하고 있는 것이 신기하게 느껴졌다.

처음엔 어떤 분위기로 끌고 가야 하나 걱정이 있었지만, 그냥 평소처럼 와인 이야기로 시작해서 코스별로 나오는 음식 이야기, 공통 주제가 될 수 있는 여행과 뮤지컬 등을 이야기하다 보니 그냥 편하고 즐거운 자리가 되었다. 와인 또한 음식과 훌륭하게 페어링이 되어서 나의 선택과 그녀의 선택을 서로 칭찬하느라 정신이 없었다. 뜻밖에도 그녀는 나를 위한 크리스마스 선물을 준비했다. 나는 거기까지는 전혀 생각지 못해서 매우 당황했다. 미안하기까지 했다.

슬퍼 대디?
슈퍼 대디!

크리스마스라 2부제로 운영하는 식당은 6시에 시작해서 8시 30분까지 식사를 마쳐야 했다. 꽤 높은 식대였지만 흔쾌히 계산을 했다. 그러자 그녀가 본인이 아는 바에 가서 한 잔을 사겠다고 한다. 나야 당연히 찬성. 우리는 곧 압구정 부근에서 꽤 유명하다는 위스키 바로 향했다.

크리스마스이브의 정취가 물씬 풍기는 위스키 바에서, 크리스마스이브 특수 탓에 잔술은 팔지 않는 방침에 따라 몰트위스키 한 병을 주문했다. 바에 앉아 일본인 바텐더와 이야기도 나누고, 그가 만들어주는 무지갯빛 칵테일에 불쇼도 구경하고, 간간히 몰트위스키도 마시면서 그렇게 시간이 흘렀다. 그러다 어느새 새벽 1시가 다 되었다는 사실에 깜짝 놀랐다.

집으로 돌아가자고 하면서 같이 일어섰다. 위스키 바의 문밖을 나오는 나의 모습까지는 기억이 난다. 그리고 나는 어느새 새벽 4시 40분, 우리 동네 사거리에서 먹은 것을 토하며 서 있는 곳으로 시간과 공간 이동을 했다. 내가 타고 온 택시는 못 볼 것을 본 듯이 휭 달아나버렸다. 머리가 깨질 듯이 아팠다. 잠시 '여기가 어디지?' 생각하는 순간, 내 손에 항상 들려 있어야 할 가방이 없다는 것을 깨달았다. 아차! 택시에 두고 내렸나 하는 마음으로 코트에서 전화기를 찾는 순간, 전화기조차 없어졌다는 것을 발견했다. 택시에 두고 내렸다는 생각으로 가로등만 밝게 빛나는 도로를 바라봤지만 이미 가버린 택시가 다시 돌아올 리 만무했다.

도대체 비어 있는 3시간여 동안 어떤 일이 있었던 거지? 아무런 기억이 나지 않았다. 위스키 바를 나서서 택시를 같이 탔다는 생각이 들었고, 그녀 집 근처에 같이 내렸던 것 같은 기억도 어렴풋이 떠올랐다. 그런데 왜 내가 가방도 휴대폰도 잃어버린 채 여기에 서 있는 걸까? 의문과 함께 가방 속에 들어 있던 신형 디지털 카메라를 비롯해 상품권 21만 원이 새삼 걱정됐다.

집으로 돌아와 아무 곳도 연락하지 못한 채 오전 내내 잠만 잤다. 오후가 되어서야 어렵게 어제 만났던 여사친과 전화를 했고, 사건의 전모를 알게 되었다. 내가 바래다준다는 명목으로 그녀의 집 근처에 내려서는 그냥 가질 않고 커피 한 잔을 달라고 했다는 것이다. 내가 위스키 바에서 제일 고민했던 것은 뭔가 고백성 발언을 하고 싶은데, 그 타이밍을 못 잡고 있다는 자책이었다. 아마 그 자책이 술김에 커피 한잔 마시며 분위기를 잡고 싶은 행동으로 전환된 것 같았다.

혼자 살고 있던 그녀의 입장에서는 술 취한 나의 요구가 황당했을 것이고, 그녀는 몇 차례 거절하다 내가 자꾸 고집을 부리자 집으로 그냥 들어가버렸다고 한다. 나는 그 상태에서 그냥 돌아가지 않고 그 집 앞에서 졸았고, 조는 사이 추위를 느끼고는 항상 들고 다니던 가방도 잊은 채 택시를 잡아 타고 돌아온 것이다. 가방을 그 집 앞에 두었다는 사실은 26일 출근하고 나서 확인되었다. 근처 대형마트 익스프레스의 물류 기사분이 가방을 발견하고 나에게 연락하여 돌려주었기 때문이다. 물론 디지털 카메라와 상품권은 이미 없어진 채.

아마도 사건이 이러한 해프닝으로 끝났다면 나는 그 여사친과 한 번 더 연락하고 그 우스운 이야기를 나누며 더 좋은 관계로 발전했을지 모른다. 하지만 나는 내 멍청한 행동을 합리화하고 싶었던 것 같다. 25일, 간밤의 내 행동에 대해 확인을 한 나는 하루 종일 그 추운 새벽에 술 먹고 비틀거리는

슬퍼 대디?
슈퍼 대디!

나를 두고 집 안으로 들어가버린 그녀에 대해 화가 났다. 집에 들이지는 않더라도 물이라도 한 잔 줘서 보내든지, 집으로 갔는지 확인을 하든지 무슨 수를 썼어야 되는 게 아니었나 하는 서운함이 생겼다. 혹시라도 내가 거기서 잠이 들었고, 그것이 좀 더 비극적인 결과로 이어졌다면 어쩔 뻔했냐는 소설까지 마구 지어낸 것이다.

나는 그녀에게 가방을 다시 찾았다는 것을 간단히 문자로 알려주었다. 그리곤 그녀에게 다시 연락하지 않았다. 그녀도 나에게 연락하지 않았다. 그런 특별한 설명도 없는 연락 두절은 우리 둘 모두 알고 있는 지인에 의해 연결될 때까지 수 년이 걸렸다. 물론 그녀를 다시 만났을 때 나의 감정은 예전 같지 않았다.

우리에게는 아마도 특정한 순간이 존재하는 듯하다. 세상 일은 자연스럽게 흘러가고 있는 것처럼 보이지만, 어떤 운명의 변화는 이러한 자연스런 흐름으로 결정되는 것이 아니라, 갑자기 튀쳐나오는 순간의 이벤트에서 결정된다. 그 순간에 우리가 한 선택이 흐름을 갑자기 바꾸는 것이다. 이제는 후회할 필요도 없는 일이 되어 버렸지만, 내가 잠시 동안 느꼈던 서운한 감정을 그녀와 솔직히 이야기하고, 새로운 약속장소에서 더 즐겁게 대화를 나누고 와인을 마시고 식사를 했다면 우리는 한동안 연인이 되었을지도 모른다.

내가 혼자 상상하여 만들어낸 나만의 이야기, 그것이 내 선택에 영향을 주고, 어떤 이와의 관계를 망가뜨리기도 한다.

40
하태 핫해!
뜨거운 밤

■ 만약 오늘 저녁을 기억하고, 그 기억을 떠올리며 남들에게 이야기할 수 있다면 얼마나 좋으랴? 오늘은 아침부터 싱숭생숭했다. 날씨는 흐리고, 6월답지 않게 서늘한 느낌이 돌았다. 반팔 차림으로 출근을 했더니 살갗에 사르르 소름이 돋을 정도의 날씨였다. 6월인데도 이런 날이 있다는 것이 믿어지지 않을 정도였다.

서늘한 날씨가 가슴의 빈 구석을 더욱 썰렁하게 만들었나 보다. 퇴근시간이 다가올수록 집으로 바로 들어가기가 싫었다. 이런 날이면 이상하게 여인네와 술 한 잔이 하고 싶어진다. 회사 사람들과 만나면 대화 범위가 자꾸 회사 일에 한정되는 경향이 있어서 싫었다. 오랫동안 만나던 남자 지인들과도 결국은 업계 이야기 또는 상대편이 늘어놓는 신세타령 등으로 주제가 반복되는 경우가 다반사였다. 그래서 그런지 오늘은 정말 여인의 향기가 그리웠다.

슬퍼 대디?
슈퍼 대디!

어쩌다 한 번씩 이런 날이 올 때면 무척 괴롭다. 평상시 딱히 사귀는 사람이 있는 것도 아니고, 정기적으로 만나는 사람이 있는 것도 아니고 보니 오늘 하루 나의 허전함을 메워줄 여인네를 찾는다는 게 무척 어렵다. 친구들은 이런 날 편하게 나이트를 가라고 이야기하기도 한다. "너 정도 나이에 돌싱이고, 아들도 어느 정도 컸겠다, 다양한 사람들이 오는 곳에 가서 편하게 여자를 만나보면 어때?" 하면서 말이다. 하지만 나는 젊은 시절부터 그것만은 유난히도 안 되었다. 모르는 사람과 술 한 잔을 하면서 다양한 이야기를 나누는 것. 친구들이 그런 상황을 만들어주면 어정쩡하게 같이 맞장구라도 치면서 시간을 보낼 수 있지만 내가 주도적으로 그런 상황을 만드는 것은 어려웠다.

애꿎은 전화기만 스크롤하면서 주소록을 마구 넘겨본다. 수백 명의 사람들이 내 주소록에 있고, 그중 최소한 20-30퍼센트는 여자일 테지만 다양한 이유로 전화를 걸 명단에서 지워져 간다.

일단 가정이 있는 친구들은 괜한 노파심에 제외한다. 한 번이라도 사석에서 1대1로 만나본 적이 없는 사람들도 제외된다. 여럿이서 만났던 여인에게 갑작스레 전화를 걸어 1대1로 식사나 하자고 할 만한 변죽은 없다. 이렇게 되면 정말로 몇 명만이 남는다. 한 번 이상 단둘이 만났고, 현재 싱글이고, 나보다 최소한 대여섯 살은 연하인 여인들이다.

골라놓은 리스트를 보고 생각한다. 나는 이들과 어떤 관계를 유지하고 있는 걸까? 요즘 흔히들 말하는 '썸'을 타는 관계인가? 아니면 나름 '여자사람 친구'로 끈끈한 우정을 구축한 관계인가? 그것도 아니면 나만의 짝사랑을 숨긴 채 겉으로만 쿨한 척하는 관계인가? 셋 중 어느 하나도 아니라고 말하긴 어렵다.

하지만 나만의 자격지심이 발동해서 세 가지 중 하나의 이유로 그녀들과 연락을 하고 있다는 사실을 부인하게 된다. '나는 그냥 좋은 선배로서 가끔 인생 상담도 해주고, 내 근황도 이야기하며 즐겁게 시간을 보낼 뿐이다'로 관계를 국한시킨다.

결국 누구에게도 연락하지 못한 채 퇴근시간이 다가왔다. 그러다 갑자기 평소에 없던 '돌아이' 기질이 발동했다. '꼭 무슨 흑심을 품고 만나는 것도 아닌데, 사귈 가능성이 있다 없다가 중요한가?' 하는 생각이 들었다. 한동안 연락을 하다가 최근 뜸해지면서 근황이 궁금한 유부녀 한 명이 떠올랐다. '에라 모르겠다!' 하는 심정으로 전화를 걸었다.

– 안녕하세요 경미님.

– 어머나, 창영씨, 잘 지내죠?

– 그냥저냥이죠. 요즘 어떻게 살아요?

– 저도 그냥이에요. 딸들이랑 놀면서 제가 하고 싶은 것도 하면서 그렇게 있어요.

– 음, 그러시군요.

– 근데 웬일이세요? 이 시간에 전화를 다 하시고.

– 아니에요. 갑자기 경미님 생각이 나서요. 우리 예전에 홍대 근처에서 와인 한 잔 하기로 했었잖아요. 제가 최근에 꽤 괜찮은 와인을 한 병 구했는데……. 같이 마실 사람이 없어서요.

– 아! 그랬구나. 와인 좋죠. 저도 마셔보고 싶네요. 근데 지금은 아이들이 학원에서 곧 올 시간이라…….

– 그래요 그럼. 다음에 마셔요. 오늘은 저 혼자 한 병 까죠 뭐.

– 혹시 조금 늦게 만나도 되나요?

– 앗! 몇 시쯤에요? 저야 상관없어요. 회사에서 조금 더 있다 나가도 되고요.

– 그러면 홍대에서 9시쯤 어때요? 그때는 가능할 것 같아요. 마침 남편도 출장 가고 없어요.

이렇게 약속을 정하고 전화를 끊었다. 가슴이 쿵쾅쿵쾅거린다. 뭐지? 이 친구 왜 늦은 시간에 나온다는 거지? 이걸 어떻게 받아들여야 하나, 싫은 마음으로 당황스럽다. 조금은 허둥지둥했지만 우선 만날 장소도 예약하고, 거짓말로 있다고 했던 와인도 한 병 마련해야 하고, 분주하게 움직여야 했다. 그리고 시간에 맞춰 홍대 앞으로 향했다.

– 경미님, 반가워요. 미모는 여전하시네요.

– 제가 원래 좀 이쁘잖아요.

이렇게 시답지 않은 인사로 대화를 시작한 우리는 내가 가져간 한 병의 와인을 순식간에 비워버리고, 와인 한 병을 추가로 시킬 정도로 재미있게 이야기를 나눴다. 취기가 올라올수록, 우리의 대화가 깊어질수록 나는 정신만은 점점 생생해짐을 느꼈다.

'오늘 이 분위기를 어떻게 가져가야 할까? 드라마와 영화처럼 전개해볼까?

아니야. 그러다가 나만 미친 놈 되는 거 아닐까? 참아라, 참아. 한순간의 인내가 평생의 쪽팔림을 방지한다. 아니야 아니야. 한순간의 쪽팔림이 평생의 추억을 만들지도 몰라.'

수많은 나만의 대화가 만들어지고 있었다.

– 그런데 창영씨, 왜 나를 불렀어요?

– 예? 어…… 그냥 지난번에 경미님이랑 약속한 것도 있고 해서 걸어본 거예요.

– 그것뿐이에요?

– …….

– 나는 혹시 창영씨가 나 좋아하는 줄 알고 나왔는데!

이런 된장! 이럴 땐 정말 어떻게 해야 하는 것인지 궁금했다. '연애계' 고수들은 이 상황을 어떻게 대처하라고 했었던가? 한 번도 들어보지 못한 상황에서 나는 그냥 두 눈을 질끈 감고 이렇게 말했다.

– 맞아요. 나 사실 경미님 좋아요. 그래서 보고 싶었어요. 와인 핑계로 부른 거예요.

여기까지다. 글로는 더 이상 남길 수 없는 이야기다. 나에게 영화나 소설 같은 사건이 있었을까? 아니면 상대방에게 따끔한 충고를 받고 끝났을까? 아무도 예측할 수 없는 결과가 있었다.

이날 하루가 나에게 매우 뜻깊게 남겨진 것은 평생 한 번도 해보지 못한

즉흥적인 고백을 했다는 것이다. 그로 인해 나는 내가 아직도 젊고 패기가 있다는 것을 알게 되었다. 정상적이지 않은 만남을 시도했고, 당황했고, 어리바리하게 대처했지만 나에게 남겨진 기억은 참담한 것만은 아니었다. 그냥 내가 여전히 열정이 있는 한 명의 젊은이라는 것을 알았다. 나에게 그런 면이 있다는 것을 깨닫게 해준 재치 있고, 유쾌하며, 게다가 얼굴도 미인인 그녀에게 고마움을 전하고 싶다.

41

나만의 복잡한 결혼 방정식

■ 오랜만에 옛 회사 지인과 저녁식사를 했다. 여자 후배와 동기라서 친하게 지내던 사이였다. 몇 살 차이가 나지만, 신입사원 시절부터 알던 사이라 그런지 거의 입사 동기처럼 친숙하다. 몇 년 전에 과감하게 잘 다니던 회사를 그만두더니만 자신이 평소 생각하던 새로운 일을 시작했다. 그 결단력이 놀라웠지만, 한편으로는 '여자니까 가능한 거지'라고 조금은 얕잡아본 부분도 있었다.

어쩌다 업무상 한 번씩 들르는 여의도에서 일을 마친 후 시간이 되면 들러서 함께 식사나 커피 한 잔을 하게 된다. 그녀는 꽤 좋은 상권에 장소를 마련해 그동안 준비했던 플로리스트 자격증을 가지고 꽃집을 한다. 꽃집이 주는 선입견과 걸맞게 얼굴도 미인인데다 회사 다닐 때와 마찬가지로 똑 소리 나게 사업도 제법 잘 운영하고 있다. 그녀는 꽃집을 준비하는 중에 보험

영업을 했었다. 당시 나는 그녀의 설득으로 이미 하나 있는 개인의료보험과 별개로 추가 의료보험에 가입했었다. 지금도 꼬박꼬박 보험료는 지불되지만, 그녀는 어느덧 제대로 된 꽃집의 오너가 되어 있다.

얼마 전 꽃집 근처에 건강검진을 갔다가 들렀더니 외부 일을 보기 위해 나가고 없었다. 전화로나마 안부를 전했다.

– 어이, 정 사장님, 잘 지내죠?

– 어머, 웬일이에요?

– 여의도 왔다가 커피나 한 잔 하려고 들렀더니 안 계시네요. 요즘 좋은 일 있어요?

– 아니에요. 좋은 일은요 무슨. 꽃 좀 보려고 왔다가 시간이 이렇게 훌쩍 지나버린 것을 몰랐어요.

– 그렇군요. 모처럼 들렀는데 안 계시니 아쉽네요. 우리 다음 주에 저녁이나 한 번 할까요?

– 아, 좋아요.

이렇게 해서 오늘 저녁식사 시간이 만들어진 것이다. 나와는 네 살 차이가 나고, 입사는 6개월밖에 차이가 안 나니 평상시에도 이런저런 이야기가 잘 통하는 편이었다. 처음에는 정 사장의 사업 이야기를 하다가, 최근 우리 회사 동향과 내가 지금 관심 있어 하는 것들로 이야기가 발전했다. 조금 더 시간이 지나 가족 이야기로 옮겨 가고, 결국은 아이를 키우는 이야기로 귀결되어 가는 주제들. 그런데 오늘은 뜻밖의 사실을 알게 되었다. 그녀의 어머니 이야기를 하다가 이 친구가 이미 이혼을 선택했다는 사실을 알게 된 것이다. 아들 둘도 같이 안 산다는 것이다.

– 아니 어찌 된 일이에요?

– 그렇게 되었어요. 몇 년 전에 회사 그만두고 이 사업 시작할 때부터 이혼절차를 밟고 있었죠.

이럴 수가. 나는 그녀의 남편이 우리와 같은 회사를 다녔던 사람이라는 것도 알고 있었다. 약간의 굴곡이 있어서 예전 회사를 그만두고 새로운 회사에 다니고 있다는 소식까지는 알고 있었지만 이렇게 헤어졌을 줄이야.

그런데 갑자기 나의 묘한 방정식이 계산되어진다는 것을 느꼈다. 이 대목에서 나의 한심하고도 본능적인 결혼 방정식을 소개해야 할 차례다. 이제 곧 15년차에 진입하게 된 돌싱 남자로서, 주변에 돌싱이거나 미혼인 상태의 여인이 나타나면 꼭 나의 짝으로 그녀를 대입해보는 버릇이 있다. 일단 그녀의 외모가 나의 마음에 드는 필요조건인가부터 통과해야 한다. 외모는 절대적인 기준이 없다. 그냥 '내가 보기에 좋더라'라는 주관적 느낌만 든다면 우선 통과다.

그리고 중요한 것은 취미다. 내가 좋아하는 것들, 우선 정적인 부분에서 책 읽기, 영화 보기, 뮤지컬 보기 등을 좋아하면 덩달아 좋은 느낌이 배가된다. 이를 뛰어넘어 클래식 공연을 좋아하거나 미술에 조예가 깊다면 조금은 버겁다 생각하지만 내가 느끼는 매력에는 플러스 알파다. 만약 이런 정적인 취미를 좋아하면서 동적인 취미, 예를 들어 걷기라든가 요가, 자전거를 탄다든지 하면 그 순간부턴 가슴이 콩닥콩닥 뛴다. 내 이상형에 근접했다는 신호다. 하지만 강렬한 라틴댄스나 에어로빅, MTB까지 넘어가면 조금은 주춤한다. 너무 기가 센가 싶어서이다. 정적인 것과 동적인 취미를 둘 다 선호하는 여인을 만난다는 것은 쉽지 않다. 미인인데다 그런 취미를 갖고 있다면 만났다는 것만으로도 행운이라 여겨진다.

이렇게까지라면 고민할 필요 없이 대시를 하면 되는데, 문제는 지금부터다. 아들이 하나 딸린 돌싱 아빠로서 상대방의 자녀 문제가 은근 신경 쓰이는 것이다. 가장 좋은 경우는 당연히 자녀가 없는 경우일 거다. 하지만 아들을 양육하는 입장에서 상대방이 자녀도 없고 내가 좋아하는 조건을 다 갖췄다면 '그런 사람이 왜 나를 좋아해?' 하는 생각이 들기 시작한다. 그러면서 자신감이 급격히 떨어진다. 만약 한 명의 아이가 있는 여인이라면 선호도는 당연히 딸인 경우다. 이왕이면 나의 아들보다 나이가 많은 것이 낫고, 그게 아닌 어린 딸이어도 좋다. 아빠 아들 한부모 가족과 엄마 딸 한부모 가족은 이미 완성된 조합을 잠시 나눠놓은 것처럼 느낄 때도 있다. 만약 상대방의 자녀가 아들이라면 무척 심각해진다. 나는 여기서 대부분 멈추는 경향이 있다. 더 이상 내가 만날 상대로 생각하지 않는 것이다.

그 이유는 나의 못된 이기심일지 모른다. 나는 아들에게 보낼 수 있는 사랑을 그저 지금의 아들에게만 주고 싶다. 그것이 내가 이혼을 결심했을 때 했던 생각이고, 엄마의 사랑이 부족할 아들에게 내가 해줄 수 있는 최선이라고 생각하기 때문이다. 나는 이런 생각 때문에 그동안 꽤 많은 좋은 여인들과의 만남을 단순히 스쳐 지나가는 인연으로 만들었다. 후회하지도 않았다. 또 다른 기회가 올 거라고 생각했기 때문이다.

그리고 지금 새로운 가능성의 상대가 눈앞에 나타났다. 이제 나는 어떻게 할 수 있을까. 오늘의 이야기는 여기까지다. 나는 그녀와 즐겁게 이야기를 마치고 헤어졌다. 그녀는 매력이 넘쳤고 자신감도 넘쳤다. 아마 나는 앞으로도 이 지인과 만날 일이 있을 것이다. 이 여인과의 결과가 어떻게 될지는 알지 못한다. 그저 관심을 가지고 두고 볼 일이다.

42
돌아온 싱글들, 뭉치다

■ 어린 시절, 티브이를 통해 남들의 이혼 사연을 보거나, 이혼남·녀를 보면 무슨 큰 하자라도 있는 사람들인 것처럼 생각했다. 집안에 이혼한 사람이라도 하나 있으면 다른 친구나 지인들에게 알려질까 봐 조심했고, 그런 친인척은 뭔가 문제가 있는 사람이라도 되는 양 연락도 자주 하지 않았다.

이혼을 결정했을 때, 내게 떠오른 첫 생각도 그런 두려움이었다. 사람들이 나를 어떻게 볼까? 아내에게 이혼을 요구당할 만한 문제를 내가 일으켰다고 보겠지? 아내가 문제를 일으켰다고 해도 그럴 만한 이유를 내가 제공했다고 생각할 수도 있겠지. 어쩌면 아내나 나나 성격이 더러워서 결국 화목한 가정을 유지하지 못했다고 생각할 것 같았다.

어느덧 세월이 지났다. 나는 이제 누구를 만나도 내 이혼사실을 떳떳하게 말할 수 있게 되었다. 그런 내 심정을 이해해줄 친구들도 많이 생겼다. 특히 나와 각별하게 이러한 심정을 나눌 친구 그룹이 있다. 조금 웃기게 표현하자면 '돌싱스'라고나 할까? 최소한 한 번은 결혼생활을 해본 적이 있는 남녀들의 모임이다.

오늘은 꽤 오랜만에 '돌싱스' 모임이 있었다. 이 모임의 구성원은 나름 재미있고, 독특하다. 어디 가서 쉽게 찾아볼 수 없는 조합이다. 우리 사이의 공통점은 딱 세 가지다. 여행이라는 것을 자신의 방식으로 좋아한다는 점과 최소한 한 번씩은 결혼을 했다는 점, 그리고 현재는 첫 번째 결혼한 남녀와는 더 이상 살지 않는다는 것이다.

이미 각자의 삶이 어떤 방식으로 전개되고 있는지 대충 알다 보니 만나면 가족들 근황을 묻고, 살아가는 이야기를 나누고, 남자들 군대 이야기를 즐기듯 과거의 추억 더듬기로 시간을 보내곤 한다. 오늘은 모처럼 한 명도 빠짐없이 종로 뒷골목의 시끌벅적한, 꽤나 연식이 된 연탄돼지불고기 집에 모였다.

이번 모임의 화제는 고3짜리 아들을 둔 수연이 소식이었다. 수연은 이혼을 하고 자신을 열렬히 사랑하는 총각 의사와 재혼했다. 아들을 자신의 아이처럼 잘 보살펴주는 남편 덕분에 어려서부터 미국에 유학을 보냈고, 이번에 미국의 여러 명문대학에 합격을 해서 최종적으로 자신의 미래 꿈과 관련 있는 곳을 선택해서 다니게 되었다. 그동안 수연이는 아이 뒷바라지 때문에 한국에 없었던 적도 많았지만 얼마 전 아들을 기숙사로 보내놓고는 미국 생활을 정리하고 돌아왔다.

슬퍼 대디?
슈퍼 대디!

수연이의 차진 말솜씨로 아들 입학 이야기를 듣고 나서는 자연스레 아이 둘을 키우고 있는 정환으로 화제가 옮겨 간다. 정환은 안타깝게도 사랑하는 아내를 일찍 잃었다. 본인과 아들만 남기고 사랑하는 아내가 병으로 세상을 먼저 떠났으니, 그 아픔이 얼마나 컸을까? 정환은 특히 나와는 인연과 추억이 많다. 내가 좋아했던 한 여인과 사랑에 빠졌을 때, 우연찮게 같이 자리를 했던 기회로 정훈은 내 여친의 친구와 잠시 사귈 기회가 있었다. 그래서 우리는 넷이서 여행도 다녔고, 그로 인해 우리만의 추억을 갖고 있다.

정환은 요즘 늦둥이로 태어난 딸 때문에 정말 행복하게 산다고 했다. 아들도 여동생을 잘 보살펴주고, 혹시라도 있을 질시나 상대적인 외로움의 징후는 없다고 했다. "너만큼 행복한 사람은 없을 거야" 하면서 우리 모두 축하해주었더니 한다는 말이 아내가 새롭게 생기니 예전의 자유가 그립다는 것이다. 정환은 우리 모두에게 한 대씩 얻어터질 뻔했다. 배부른 소리라는 것을 우리 모두 알기 때문이다. 자신의 행복을 엄살 떨듯 이야기해준 덕분에 한바탕 즐겁게 웃을 수 있었다.

태성과 은지는 우리가 처음 만났을 때는 각자의 상대가 있던 친구들이었다. 언제고 행복하게 자신의 가정을 꾸리고 살 줄 알았던 친구들인데, 세월이 지나다 보니 각자 돌싱남, 돌싱녀가 되었다. 태성이 먼저 돌싱이 되었고, 한때는 나와 정환, 태성은 돌싱남 모임을 따로 운영하며 서로를 위로하곤 했다. 그런데 은지가 전 남편과 헤어진 이후, 태성은 자연스럽게 은지를 도와주게 되었고, 무슨 영화나 드라마의 스토리처럼 둘은 사랑하는 사이가 되었다.

처음엔 이것이 낯설었다. 각자의 전 남편과 전 아내를 우리가 아는데, 어느새 각자 헤어지고 친구 같던 두 명이 연인이 되어서 나타났으니 말이다. 그런데 여러 번 만나니 차츰 익숙해지고, 이제는 둘의 만남이 미리 예비되어 있었던 인연처럼 느껴지게 되었다. 남녀 간의 만남이란 이런 거였다. 각자 처음 만난 인연이 천생연분인 듯 생각하며 사랑하고 결혼하고 아이를 낳고 살아간다. 개중에는 그 사랑을 잘 지켜가는 경우도 있지만, 그렇지 못한 경우도 있다. 이혼한 남녀들은 본인의 잘잘못을 떠나 그냥 내가 뭔가 문제가 많은 사람처럼 느끼거나, 외부 사람들의 시선을 받기도 한다.

하지만 삶은 그렇게 각박하지 않다. 그들에게도 새로운 사랑이 찾아오고, 그 사랑은 그 전의 사랑보다 훨씬 더 성숙하고, 두텁고, 신뢰 넘치는 경우도 많은 것이다. 오랜만에 다섯 명의 돌싱 모임은 아주 즐겁게 마무리되었다. 돌아오는 택시에서 서로의 안부 전화까지 하며 아주 즐겁게 귀가했다. 그리고는 그들의 마지막 인사가 귓가에 맴돌았다.

– 창영아~ 이제 너만 가면 우리 돌싱 클럽도 재혼 클럽으로 바뀐다. 서둘러라.

그래, 서둘러야 할지도 모르겠다.

43
얼굴이냐 마음이냐 이것이 문제로다

■ 남자에게 묻는다. 어떤 스타일의 여자가 마음에 드느냐고. 그 대답은 물론 '얼굴 예쁜 여자'다. 대다수의 남자들은 자신이 끌리는 얼굴의 여자를 택한다고 한다. 이것은 통계적인 것이 아니라 그냥 내 주변 사람들과 대화를 통한 경험에 불과함을 먼저 밝힌다.

그런 측면에서 나는 유난히도 얼굴 예쁜 여자가 좋다. 어떤 이는 날씬해야 되고, 어떤 이는 교양이 넘쳐야 하고, 어떤 이는 경제적 능력이 필요하다 하는 등 부가적인 조건을 많이 나열한다. 하지만 나에겐 뭐니 뭐니 해도 우선순위가 여자의 얼굴이다.

나이가 50이 다 되어가는데도 여전히 얼굴이라는 표피에 끌리고 있는 내가 한심할 때도 많다. 여전히 내가 성숙하지 못했구나 하면서 나를 돌아보기도 한다. 하지만 그 취향이 변하지 않고 있는 나를 이젠 너무나도 잘 알게 되었다. 그래서 누군가가 나에게 물어보면 이젠 대답이 뻔해진다.

– 어떤 스타일의 여자가 좋아요?
– 왜요? 소개팅해 주시려고요? 괜찮아요. 저는 아들이 대학 갈 때까진 사람 안 사귈 거예요.
– 에이 그럼 쓰나요? 아들은 아들 인생이 있는 거고, 아빠는 아빠 인생이 있는 거잖아요 그러지 말고 이야기해 봐요.
– 솔직히 내가 좋아하는 스타일 이야기하면 욕먹어요.
– 왜요?
– 저는 얼굴 예쁜 여자가 좋거든요.
– 아니 아직도 얼굴을 따져요? 나이 50이 되어가는데 얼굴 따지고 있으니 쉽지 않겠네요.
– 맞아요. 쉽지 않아요. 그래서 저는 안 돼요. 전 여자 사귈 자격이 없어요.

이런 식으로 대화가 마무리되는 것이 보통이다. 사람들은 개성이라는 것이 있다. 그래서 그 개성을 잘 살리면 나름의 매력이라는 것을 보여줄 수 있다. 그런데 왜 나 같은 남자들은 여자들의 미모를 최우선으로 두고 보는 걸까? 나는 왜 이렇게 생겨먹은 걸까? 어떤 친구들은 정말 마음에 맞는 여자를 반려자로 선택하기도 하고, 또 다른 어떤 것에 가치를 두고 선택하기도 하는데 왜 나는 그게 안 되는 것일까?

나는 이상하게 얼굴 예쁜 여자들, 특히 화려하지 않고 단아한 느낌의 인상을 가진 여자들은 성격도 좋을 거라는 착각을 갖고 있다. 그래서 얼굴을 보고 좋아하기 시작한 여자들에겐 그들의 말이 뭐든지 사실처럼 느껴지곤 한다. 이건 일종의 강력한 선입견이다. 선입견일 뿐임을 알면서도 벗어나지 못하는 강박증세다.

나도 물론 마음이 착한 여자를 원한다. 그 전제조건이 얼굴도 예뻐야 한다는 것이고, 좀 더 강하게 내 선호도를 표현하면 얼굴 예쁜 것은 기본이어야 한다는 것이다. 그 후에야 마음이 착한지, 나랑 취미가 맞는지, 교양이 있는지, 아이가 있는지 등을 고려하기 시작할 수 있다. 나의 고질적인 증세에도 불구하고 내가 착하고 예쁜 여자를 만날 수 있을지, 이건 그저 내 팔자려니 생각하고 하늘에 비는 수밖에 없을 것 같다. '아름다움은 한 꺼풀의 피부에 불과하다'라고 누군가 이야기했다. 하지만 나에겐 그 한 꺼풀의 피부가 열 길 깊은 마음보다 우선 중요하다.

하늘이시여 이 불쌍한 속물을 굽어 살피소서!

44
마지막 화해

■ 아내와 완벽하게 연락을 끊은 지 6년이 넘었다. 연락을 끊게 된 결정적인 배경은 그 당시 사귀던 여자친구가 나에게 던진 한 마디였다.

– 전 아내랑 계속 연락 주고받는 남자를 어떤 여자가 좋아해?

그 친구를 좋아했고, 그 친구 말이라면 뭐든 하고 싶은 시기였다. 나는 당장 실행으로 옮겼다. 문자로 내 결심을 적어 보냈다.

– 앞으론 나에게 연락하지 마라. 건민이랑 너 스스로 연락해라. 나는 이제 더 이상 너와 상관하기 싫다.

슬퍼 대디?
슈퍼 대디!

그리고 아내와의 연락은 끊겼다. 처음엔 이로 인한 영향이 아들에게 끼쳐질까 두려웠다. 아들 눈치를 살피고, 엄마로부터 어떤 메시지를 전달받은 것이 없는지 슬쩍 물어보곤 했다. 시간이 조금 지나자 무뎌졌다. 아주 잘했구나라고 생각했다. 이혼 후 몇 년 동안 가끔씩 보내왔던 아내로부터의 연락은 어떤 내용이든 나에게 편안하지 않았다. 연락을 끊고 나니 홀가분한 마음이었다. 그런 지가 벌써 6년이나 지난 것이다. 나에게 그런 결정을 하게 만든 여자친구는 몇 달 후에 헤어졌다.

그런데 갑자기 며칠 전부터 불편함이 생겼다. 내가 아내와의 과거 대화 속에서 자유롭지 않다는 것을 발견한 것이다. 아내와의 관계가 내 마음에서 깨끗하게 정리되지 않았다. 그 정리되지 않음은 10여 년의 싱글 라이프 동안 여자들과 사귀는 데에 제약이 되었다. 그것은 내가 아내의 외도 사실을 알게 된 후, 둘만 만났던 날에 들었던 그 한 마디였다.

– 나는 오빠를 사랑하지 않아. 오빠도 나를 사랑하지 않잖아.

이 말에 묶여서 내 소중한 시절을 소비하며 제대로 된 사랑을 얻지 못했던 것이다. 그녀가 나를 사랑하지 않는다는 말이야 이미 좋아하는 남자가 생겨 바람을 피우고 있는 자신을 합리화하는 것이니 받아들이면 된다. 하지만 나도 그녀를 사랑하지 않는다는 말은 자꾸 자문하게 만들었다. 정말 내가 그녀를 사랑하지 않았나? 결국 내가 아내를 사랑하지 않았기 때문에 이 친구가 다른 남자를 찾게 된 건가? 행복해야 할 결혼생활을 무덤덤하고 익숙한 것처럼 행동해서 아내가 영향을 받은 걸까? 이런 질문들이 나를 괴롭혔다.

그런 걱정들이 새로운 여자를 만날 때마다 두려움을 불러일으켰다. 이 여자는 나를 정말 좋아하나? 나는 이 여자를 정말 사랑하나? 내가 기대하지 않았던 상대방의 어떤 말과 행동, 그리고 상대방에 대한 나의 생각과 행동에 불필요한 의미를 부여했다.

– 아! 이 친구는 나를 그다지 좋아하지 않나 보다.
– 아! 내가 여기서 이 친구에게 느끼는 서운함은 내가 그녀를 사랑하지 않아선가 보네.

이런 의미 속으로 빠져들게 되면 그 만남을 더 이상 지속시키지 못했다. 상대방이 나를 차든지, 내가 상대방을 떠나든지 둘 중 하나의 선택으로 귀결되었다. 쓸데없는 나만의 기준으로 모든 새로운 사랑에 대한 가능성을 작게 만들고, 사랑을 쌓아가는 과정에서 생기는 트러블은 새로운 사랑을 끝마치는 빌미가 되었다. 그래서 나는 지금까지도 이렇게 외로운 싱글인 것이다.

갑자기 이런 악순환을 마쳐야겠다는 마음이 들었다. 악순환의 고리를 깨는 방법은 처음 고리가 만들어지는 시점으로 돌아가는 것이다. 이 고리를 함께 만들었던 아내와의 대화로 해결해야만 했다. 어떻게 이야기해야 6년 만에 걸려온 전화로 새로운 시작이 만들어질까? 첫 마디는 무엇이어야 할까? 싸늘해지는 반응이라면 어쩌지? 결국 예전처럼 서로에게 상처만 남는 대화가 되는 건 아닐까? 여러 우려가 떠올랐다. 고민 끝에 전화를 걸었다.

– 여보세요.

슬퍼 대디?
슈퍼 대디!

– 여보세요, 누구시죠?

– 잘 지냈니? 나 건민이 아빠야.

– 어머……. 웬일이람! 잘 지냈어?

– 그래 잘 지내고 있지.

이렇게 시작한 우리의 대화는 그녀에게 건민이 엄마로서 소중한 아이를 낳아준 것, 아들에게 외갓집의 사랑을 전해준 것, 잘 되라고 지금도 항상 기도하고 있는 것, 아들의 우울증을 빨리 알아차리고 나에게 이야기해준 것을 인정하는 것으로 전개되었다. 나도 모르게 울컥하면서 눈물이 흘러내렸다. 나는 이혼 과정에서 벌어진 나의 폭언과 폭력을 사과하고 용서를 구했다.

– 그런 나를 용서해줄 수 있겠니?

조용히 듣고 있던 아내는 울면서 정말 고맙다고 했다. 몇 년 전까지만 해도 본인이 잘못한 것보다 내가 자신에게 했던 것에 대한 원망이 많았다고 했다. 그런데 종교적인 믿음이 깊어지면서 정말 자신이 나와 나의 가족, 그리고 아들에게 무슨 일을 저질렀는가에 대해 반성하고 있었단다. 언젠가 나에게 전화를 걸어 사과하고 싶었는데, 먼저 전화를 걸어주어 고맙고 감사하다는 것이다.

이런 결과를 예측했던 것은 아니었다. 나는 단지 내가 마음속에서 붙들고 살았던 질문에 대해 아내와 마무리 짓고 싶었던 것이었다. 뜻밖의 결과까지 얻었다.

– 나는 네가 나에게 던진 한마디, “오빠도 나를 사랑하지 않잖아” 라는 말 때문에 지금까지 무척 힘들게 살았어.

– 내가 그런 말을 했었어? 나는 기억이 나지 않는데. 그리고 오빠! 내가 오빠랑 결혼한 건 정말 사랑했기 때문이었어.

허탈함과 속 시원함이 동시에 느껴지는 아내의 답변. 나에게 그런 말을 했는지도 기억하지 못하는 말 한마디를 붙잡고 괴로워했단 말인가. 하지만 이젠 내가 한 여자를 사랑할 수 없는 것도, 사랑받을 수 없는 것도 그냥 내가 만들어놓은 허상 속의 제약이라는 사실에 마음이 놓였다.

전 아내는 내일이면 미국을 간다고 했다. 절대로 모르는 전화는 받지 않는데 오늘은 신기하게도 손이 갔다고 했다. 우리는 아들을 위해 서로 협조할 것을 약속하고, 언젠가는 다시 만나 서로에게 사과하고 그간의 이야기를 나누자고 약속했다. 고작 10여 분 정도의 대화였다. 그 대화가 6년 간의 공백을 훌쩍 뛰어넘게 했다.

이제 나는 조인트 동문 후배이자 입사 동기이고 아들의 엄마인 아내를 새롭게 얻었다. 아들의 미래를 위해 함께 조언해줄 수 있고, 협조해줄 수 있는 파트너를 만들었다. 그리고 앞으로는 누군가를 사랑할 때, 누군가로부터 사랑받을 때 과거의 경험으로 인한 두려움에서 벗어나 100% 사랑을 위해 나를 던질 수 있게 되었다.

이혼, 내 인생 이야기

■ 내 이야기가 대한민국 돌싱남과 싱글 파더의 현실을 대변할 리는 없다. 나는 억세게 운이 좋았다. 이혼 당시, 아들을 기꺼이 맡아줄 부모님이 계셨고, 나를 물심양면으로 도와준 형제자매가 있었다. 사내에 나에 대한 소문이 무성할 때 내부 작업을 하도록 배려해준 외국인 대표도 있었다. 이혼 소송을 마무리할 즈음 나는 회사를 옮겼고, 내 이혼 사정을 모르는 동료들과 일했다. 따라서 내 이혼을 바라보는 타인의 부담스러운 관심에서 벗어

날 수 있었다. 무엇보다 어린 아들이 그 힘들고 어려웠을 시간을 잘 견뎌주었다. 이러한 많은 우호적인 조건을 가진 돌싱남은 드물 거라 생각한다.

그런 나였지만 이혼은 힘들고 두렵고 어려운 일이었다. 어린 시절엔 결혼이라는 것을 행복과 동의어라고 생각했다. 사랑하는 사람을 만나 함께 살기로 결정하면 결혼을 통해 행복이 넘치고 웃음꽃을 피우고 어떤 어려움이든 가족애를 바탕으로 이겨 나갈 수 있는 줄 알았다. 그런 나의 상상을 뒷받침해주는 것은 내 부모님이 그러셨기 때문이었다. 금전적 여유는 부족했지만 내 부모님의 결혼생활은 내 꿈이 실현 가능한 것이라 여기게 만들어주었다.

그러한 내 꿈은 좌절되었지만, 이혼은 이제 내 인생의 큰 부분이 되었다. 이혼하지 않은 나의 삶은 상상하기 어렵고, 심지어 다시 돌이킬 필요성도 느끼지 않는다. 이혼은 어설프게 결혼을 이해하고, 적당히 남들과 비슷하게 살아가면 행복할 수 있다는 나의 안이한 사고방식을 바꿔주었다.

이혼이라는 사건이 없었더라면 나는 아주 고리타분한 생각을 가진 대한민국 아저씨가 되어버렸을 수도 있었다. 그리고 잦은 야근과 직장 내 불합리함을 묵묵히 견디는 일꾼이라는 자리에 만족했을지도 모른다. 회사 회식에서 소소한 기쁨을 찾고, 과음과 직장 스트레스를 핑계로 아들 교육은 아내에게 맡기는, 무관심할 수 있어서 좋다는 가장이 되었을 수도 있다. 집안일 하나 제대로 하지 못하면서도 식사는 차려 줘야만 먹는 전근대적인 남편이 되었다면 얼마나 불행한 일인가.

이 모든 것은 가정일 따름이지만, 내가 감당할 수밖에 없었던 아내 역할의 부재로 인해 내 책임 영역이 확장된 것은 틀림없다. 나는 빠르게 변화하는 이 사회 속에서 먼저 적응해서 살아가는 얼리어댑터가 되었다. 혼자 사는 것이 힘든 것이 아니고, 신나는 경험과 새로운 계획을 만들어 가는 기회가 될 수 있음을 알게 되었다. 이제 결혼을 할 것인지 말 것인지에 대해서도 힘 있게 선택할 수 있다. 만약 내가 새롭게 결혼을 한다면 그것은 지금까지 바라던 재혼과는 다른 마음가짐일 것이다. 남편으로서 아내를 맞이하는 것이 아니라 동반자로서 동반자를 맞이하는 결혼이 될 것이다.

만약 그것이 가능하지 않더라도 나에겐 또 다른 선택이 가능하다. 자유로운 영혼의 돌싱남으로 남는 것이다. 이 시점에서 개인적으로 가장 좋아하는 시 구절이 떠오른다. 프로스트의 '가보지 않은 길'의 한 구절이다.

'숲 속에 두 갈래 길이 있었고, 나는 사람들이 적게 간 길을 택하였다. 그리고 그것이 나의 모든 것을 바꾸어놓았다.'

내가 스스로 선택한 길은 아니었지만 이혼은 나의 모든 것을 바꾸어놓았다. 또 다른 하나의 길을 걷지 못했음이 아쉬움으로 남지만, 그것이 내 인생이라면 지금 내가 걷고 있는 이 길을 신나고 힘차게 걸어가련다.

끝으로 내가 새로운 가정 안에서 행복하길 바라는 모든 분들께 진심으로 감사드리고, 자신의 뜻한 바를 실현하면서 살아가는 나의 가장 친한 친구, 아들 건민이에게 한없는 신뢰와 사랑을 전한다.